U0045667

魔法科高中的劣等生 5

The irregular at magic high school

暑假篇＋1

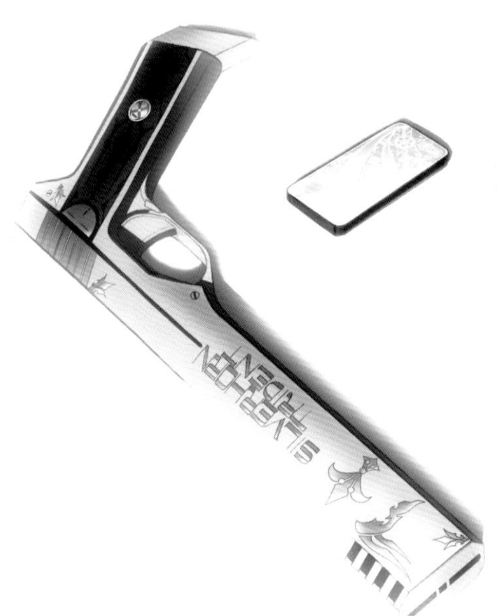

佐島 勤

Tsutomu Sato

illustration／石田可奈

Kana Ishida

illustrator assistant／ジミー・ストーン、末永康子

千葉艾莉卡
達也的同班同學。個性開朗，經常會連累到他人的闖禍大王。家裡是劍與魔法之複合戰鬥術——「劍術」的名門。
光井穗香
就讀一年A班，深雪的同班同學。擅長操縱光的光波振動系魔法。個性容易有先入為主的觀念。
「達也同學，如果只待在陽傘底下，時間都浪費掉了。」
「美月，不可以講這種話吧？難得一場好戲就要上演了。」
北山 雫
就讀一年A班，深雪的同班同學。擅長大規模的振動與加速系魔法。表面上給人冷酷的印象，性格與穗香成為對比。

柴田美月
達也的同班同學，教室座位在達也旁邊。雖然不起眼，卻被視為「療癒系妹妹角色」備受部分學長姊的喜愛。罹患靈子放射光過敏症所以戴眼鏡，在這個時代相當罕見。
「這樣簡直像是……夾在女友與妹妹之間的構圖。」
「哥哥，難得有機會來海邊，一起去游泳吧？」
「達也同學，你在想心事？」
司波深雪
司波兄妹中的妹妹。就讀一年A班，以首席成績入學魔法科高中的高材生。是別名「花冠」的一科生，擅長領域為「冷卻魔法」。唯一的可愛缺點就是「重度的戀兄情結」。

「——魅影？」
明智英美
就讀一年B班。全名是艾米莉雅・英美・明智・格爾迪，暱稱「艾咪」。為英國現代魔法名門格爾迪家之女。擅長俗稱的「砲擊魔法」，可在短時間高速移動大質量物體。

一条將輝
第三高中一年級王牌。即使是高階魔法也得心應手，別名「染血王子」。是十師族一条家的下任當家。
「因為我有喬治這位優秀的軍師。」
『……將輝，就算奉承我也不行喔。』
吉祥寺真紅郎
第三高中一年級學生。將輝的好友暨參謀。年僅十三歲就首度發現魔法式其中一個「始源碼」的天才少年。因此被稱為「始源喬治」。

「——這下頭痛了，明天就要公告進行學生會選舉，
卻完全沒人參選。」
七草真由美
魔法科高中的學生會會長，
「十師族」七草家的長女。
身材嬌小卻窈窕有致。在遠
距離精密魔法領域，被稱為
十年只出一人的英才。擁有
令異性著迷的小惡魔個性。

服部刑部少丞範藏
二年級的學生會副會長，真由美稱呼他「範藏學弟」。魔法力卓越，是僅次於真由美等「三巨頭」的實力派。
「……我不可能勝任。」
中条梓
外型乍看像是國中生，卻是魔法科高中二年級學生。在學生會擔任書記。真由美稱呼她「小梓」。擁有情緒干涉系魔法「梓弓」這種罕見技能。
「…………」
司波達也
司波兄妹中的哥哥。國立魔法大學附設第一高中的新生，就讀一年E班。被揶揄為「雜草」的二科生。擅長技術領域，例如魔法術式輔助演算機（CAD）的設計。
「不可能有人投票給我。」
「請把投票單借我看！我要查出究竟是誰寫的！」

魔法與魔法師

● 魔法師

為「魔法技能師」的簡稱。能將魔法施展到實用等級的人統稱為魔法技能師。無論使用魔法的種類是現代魔法與古式魔法，一律以「魔法技能師」稱呼。但使用古式魔法的人在形容自己時，喜歡使用「魔術師」、「陰陽師」、「行者」、「忍者」之類的傳統名稱。常人擁有魔法師天分的比率，在十至二十歲的範圍為千分之一，發育期的壓力可能造成能力喪失，據說成年之後的比率只有萬分之一。但這是以「實用等級」為標準，擁有「實戰等級」的魔法師更加稀少。

● 魔法式

由魔法師自己的想子構築而成，用來將伴隨事象而來的情報暫時改寫的情報體。伴隨事象而來的情報也是想子情報體，進行篡改程序的魔法式堪稱近似於電腦病毒。「世界」擁有維持時間連續性的修復力，因此魔法式的效果不會永遠持續。但也因為世界的修復力會維持時間的連續性，因此只要持續以魔法「篡改」的時間夠久，有時也會被視為「事實」而「固定」於這個「世界」。魔法治療就是利用這項性質。

● 魔法式的輸出程序

魔法式依照以下程序輸出：

❶ 從 CAD 接收啟動式，這個步驟稱為「讀取啟動式」。

❷ 在啟動式加入變數，送入魔法演算領域。

❸ 依照啟動式與變數構築魔法式。這個程序由魔法演算領域自動進行，對魔法師本人也是一項未知的作業。

❹ 將構築完成的魔法式，傳送到潛意識領域最上層暨意識領域最底層的「基幹」；從意識與潛意識之間的「閘門」輸出到情報體次元。

❺ 輸出到情報體次元的魔法式，會干涉指定座標的個別情報體而進行改寫。

「實用等級」魔法師的標準，是在施展單一系統暨單一工序的魔法時，於半秒內完成這些程序。

● 魔法的系統

傳統魔法將術式分類的方式，是以象徵性元素套用在魔法造成的現象。具代表性的分類為「地、水、火、風」四大類，加入「空」就是五大類。此外還有「木、火、土、金、水」五行分類等。有時甚至會加上「光、闇、虛、無、天、月、雷、山、澤」這些細項。以超能力研究為開端的現代魔法，並非依照現象的外在性質，而是從作用層面進行分類。

也就是：（加速・加重）（移動・振動）
（聚合・發散）（吸收・釋放）

分為上述的四大系統八大種類。

當然，只要是分類必有例外。現代魔法學承認某些魔法無法歸類於四大系統八大種類。例如四大系統八大種類的分類是著眼於作用層面，因此超心理學中所謂的 ESP——知覺器官以外的認知能力，也就是所謂的「超感覺」，就獨立於四大系統魔法，屬於「知覺系魔法」的範疇。這個領域的超心理學研究依然健在。在學術研究上，會將魔法系統進一步進行細部分類，不過「改寫伴隨事象而來的情報，使得篡改結果反映於事象」是魔法唯一的本質，無論是系統魔法或是例外魔法，基於這方面的意義就沒有區別。

● 魔法的工序

現代魔法的「工序」有兩種意義，其一是「發動魔法的步驟」，其二是「為了改變現象達到目的而組合複數魔法時，各項魔法的處理程序」。以後者來說，例如要以魔法將廚房裡的雞蛋移動到餐桌，必須進行加速、移動、加速、移動四個工序。移動魔法是改寫物體速度與線性座標的魔法，要是省略加速工序，物體會進行無視於慣性的加速。該物體如果是雞蛋就會破掉。如果省略移動工序，只進行加速與減速的處理，雞蛋會以拋物線軌跡飛翔，必須進行精密到恐怖的減速控制。即使會增加一個工序，但是先以加速魔法將速度降低到一個程度，再以移動魔法將速度歸零，是難度較低的做法。這四個工序組合起來，就是「將廚房裡的雞蛋移動到餐桌」的單一魔法。一般來說，民生魔法需要的工序，比戰鬥魔法來得多。

● 魔法的評價基準（魔法力）

構築想子情報體的速度是魔法的處理能力、構築情報體的規模上限是魔法的容納能力、魔法式改寫個別情報體的強度是魔法的干涉能力，這三項能力總稱為魔法力。至於其他的因素，例如個人保有的想子存量（影響魔法發動次數極限）或是能處理的變數數量（影響魔法的自由度）不會影響魔法實力的評價。魔法師以證照制度管理，A 級～E 級證照也是以這種基準進行審核。

● 魔法演算領域

構築魔法式的精神領域，也就是魔法資質的主體。該處位於魔法師的潛意識領域，魔法師平常可以意識到魔法演算領域並且使用，卻無法意識到內部的處理過程。對魔法師本人來說，魔法演算領域也堪稱是個黑盒子。

The irregular
at magic high school

背負某項缺陷的劣等生哥哥。
一切完美無瑕的優等生妹妹。
這對兄妹就讀魔法科高中之後，

風波不斷的每一天就此揭開序幕——

佐島 勤
Tsutomu Sato
illustration
石田可奈
Kana Ishida

Kadokawa Fantastic Novels

司波達也

就讀於一年E班，被揶揄為
「雜草」的二科生（劣等生）。
達觀一切。

吉田幹比古

就讀於一年E班，達也的同班同學。
出自古式魔法的名門。
從小就認識艾莉卡。

司波深雪

就讀於一年A班。達也的妹妹。
以首席成績入學的優等生。
擅長冷卻魔法，溺愛哥哥。

光井穗香

就讀於一年A班，深雪的同班同學。
擅長光波振動系魔法。
一旦擅自認定後就頗為一意孤行。

就讀於一年E班，達也的同班同學。
擅長硬化魔法，個性開朗。

千葉艾莉卡

就讀於一年E班，達也的同班同學。
擅長劍術，可愛的闖禍大王。

北山 雫

就讀於一年A班，深雪的同班同學。
擅長振動與加速系魔法。
情緒起伏鮮少展露於言表。

柴田美月

就讀於一年E班，達也的同班同學。
罹患靈子放射光過敏症。
有點少根筋的認真少女。

里美 昴

就讀於一年D班，
宛如美少年的少女。
個性開朗隨和。

森崎 駿

就讀於一年A班，深雪的同班同學。
擅長高速操作CAD。
身為一科生的自尊強烈。

明智英美

就讀於一年B班，隔代混血兒，
全名是艾米莉雅．英美．明智．格爾迪。

七草真由美

三年級，學生會會長。
在魔法科學生之中，
實力為歷代最高等級。

中条 梓

二年級，學生會書記。
生性膽小，
個性畏首畏尾。

市原鈴音

三年級，學生會會計。
冷靜沉著的智慧型人物。
真由美的左右手。

服部刑部少丞範藏

二年級，學生會副會長。
正經八百，實力優秀。

渡邊摩利

三年級，風紀委員會委員長。
為真由美的好友，
各方面傾向好戰。

辰巳鋼太郎

三年級，風紀委員。
個性豪爽。

澤木 碧

二年級，風紀委員。
對女性化的名字耿耿於懷。

五十里 啟

二年級，魔法理論的成績
為全學年第一，
千代田花音的未婚夫。

十文字克人

管理所有社團活動的組織
「社團聯盟」總長。

千代田花音

二年級，給人活潑印象的少女。
五十里啟的未婚妻。

風間玄信

陸軍101旅獨立魔裝大隊隊長。
階級為少校。

真田繁留

陸軍101旅獨立魔裝大隊幹部。
階級為上尉。

柳 連

陸軍101旅獨立魔裝大隊幹部。
階級為上尉。

山中幸典

陸軍101旅獨立魔裝大隊幹部。
少校軍醫，一級治癒魔法師。

藤林響子

擔任風間副官的女性軍官。
階級為少尉。

桐原武明

二年級，劍術社成員。
關東劍術大賽國中組冠軍。

壬生紗耶香

二年級，劍道社成員。
劍道大賽國中女子組全國亞軍。

九重八雲

擅長古式魔法「忍術」。
達也的體術師父。

小野 遙

一年E班的輔導老師。
生性容易被欺負，
卻有不為人知的另一面。

一条將輝

第三高中的一年級學生，
參加九校戰。
「十師族」一条家的繼承人。

吉祥寺真紅郎

第三高中的一年級學生，
參加九校戰。
以「始源喬治」的別名眾所皆知。

九島 烈

被譽為世界最強魔法師之一的人物。
眾人尊稱為「宗師」。

Glossary
用語解說

魔法科高中

國立魔法大學附設高中的通稱，全國總共設立九所學校。
其中的第一至第三高中，每學年招收兩百名學生，並且分為一科生與二科生。

花冠、雜草

第一高中用來形容一科生與二科生階級差異的隱語。
一科生制服的左胸口繡著以八枚花瓣組成的徽章，
不過二科生制服沒有。

一科生的徽章

CAD

簡化魔法發動程序的裝置，內部儲存使用魔法所需的程式。
分成特化型與泛用型，外型也是各有不同。

司波深雪的CAD

司波達也的CAD

Four Leaves Technology〔FLT〕

國內一家CAD製造公司。原本該公司製造的魔法工學零件比成品有名，
但在開發「銀式」之後，搖身一變成為知名的CAD製造公司。

托拉斯・西爾弗

短短一年就讓特化型CAD的軟體技術進步十年，而為人所稱頌的天才技師。

Eidos〔個別情報體〕

原為希臘哲學用語。在現代魔法學，個別情報體指的是「伴隨事物現象而來的情報」，
是「事象」曾經存在於「世界」的記錄，也可以說是「事象」留在「世界」的足跡。
依照現代魔法學的定義，「魔法」就是修改個別情報體，
藉以改寫個別情報體所代表的「事象」的技術。

Idea〔情報體次元〕

原為希臘哲學用語。在現代魔法學，情報體次元指的是「用來記錄個別情報體的平台」。
魔法的原始形態，就是將魔法式輸入這個名為「情報體次元」的平台，
改寫平台裡「個別情報體」的技術。

啟動式

為魔法的設計圖，用來構築魔法的程式。
啟動式的資料檔案，是以壓縮形式儲存在CAD，魔法師輸入想子波展開程式之後，
啟動式會依照資料內容轉換為訊號，並且回傳給魔法師。

想子

位於靈異現象次元的非物質粒子，記錄認知與思考結果的情報元素。
成為現代魔法理論基礎的「個別情報體」，成為現代魔法骨幹的「啟動式」和
「魔法式」技術，都是由想子建構而成。

靈子

位於靈異現象次元的非物質粒子。雖然已經確認其存在，但是形態與功能尚未解析成功。
一般的魔法師，頂多只能「感覺到」活化狀態的靈子。

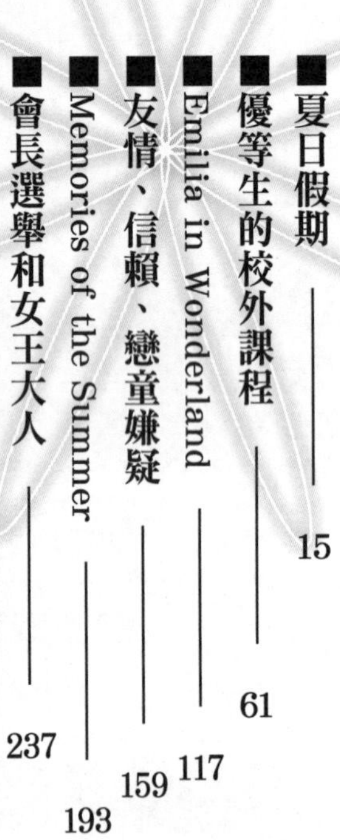

■夏日假期——15
■優等生的校外課程——61
■Emilia in Wonderland——117
■友情、信賴、戀童嫌疑——159
■Memories of the Summer——193
■會長選舉和女王大人——237

The irregular at magic high school

夏日假期

『要不要去海邊？』

——開端是雫的這句話。

「海邊是指海水浴？」

現代的視訊電話系統，基本規格就能讓十人同時通話。以這個系統和雫、穗香開心以電話閒聊的深雪提出這個詢問。

『嗯。』

雫隨即直截了當回以肯定的反應。她的回應過於簡短，但是從小學入學就成為好友的穗香，依然猜得出她的意思。

『啊，難道是那裡？』

『嗯，對。』

不過，深雪只認識雫四個月，這種對話是難度過高的密碼通訊。

「難道是……哪裡？」

直到深雪詢問，穗香與雫才發現她們扔下深雪自己聊起來了。兩人轉頭相視——但在深雪這邊的螢幕，只像是兩人移開目光——接著穗香雙眼先轉向正面，也就是深雪的方向。

『那個……雫家在小笠原有一棟別墅。』

「啊？雫家有私人海灘？」

『嗯……』

雫再度簡短回答深雪的詢問，但這次是以有點害羞的表情點頭。

最近，富豪們流行在小笠原的無人島蓋別墅。將嘴上不饒人誤認為知性表現的無知評論家，抱持偏見批判這是「破壞大自然的暴發戶嗜好」。

能夠建造別墅的無人島，都是原本有地主，後來卻無人管理的島嶼。實際上這些土地都因為無人居住而荒廢。在這裡建造實現零排放目標（不過能源來自太陽光，包含能源層面就不是完全零排放）的高級別墅，別說破壞大自然，甚至是有效利用國土的做法，完全不需要感到羞恥。深雪的詢問當然沒有責備雫（的家）的意圖。只是因為在富裕階級裡，擁有私人海灘別墅的富豪屈指可數，所以深雪對此感到驚訝罷了。雫大概也明白這一點，但是輿論的不講理批評被當成世間常識反覆張揚，使得雫潛意識被植入罪惡感。

『父親要我邀請朋友，似乎是想見深雪與達也同學。』

雫重新打起精神（這也是交情尚淺的人所感受不到的微妙變化）說明原由，使得穗香頗為退縮地低語道：

『今年伯父也在啊……』

看穗香像是回想起某些事的表情，肯定是之前和雫的父親同行度假時的記憶在腦中甦醒。或許就是正在討論的這棟別墅。

『放心，他只會在剛開始露面。他工作堆積如山，勉強才能空出數小時。』

穗香聽過雫的說明之後，臉上有所畏懼的表情安心地放鬆。深雪的好奇心在腦中探頭，想知道到底發生過什麼事，但不會因而搞錯提問的優先順序。

「我不在意……不過要什麼時候去？」

『還沒決定，我覺得就找達也同學方便的時間去。』

深雪以表情補充「必須詢問哥哥方便的時間」，雫清楚理解她的意思並如此回答。

「……就是這樣。」

◇◇◇

達也在隔天用完早餐後得知這件事。

首先達也心想「妳們以這種話題開心聊到深夜？」但他說出口的當然是另一件事。

「成員只有雫、穗香與我們？」

「雫說她還想找艾莉卡、美月、西城同學與吉田同學。」

深雪說到這裡，表情稍顯猶豫。

「但雫和他們的交情不像我們這麼好，所以希望由我邀請艾莉卡他們。」

深雪露出這種表情，應該是因為不想說這種話為哥哥添麻煩。深雪原本當然是想自己邀請，不願意勞煩達也。

「原來如此。那雷歐與幹比古那邊由我連絡吧。至於日期，我想想……」

反過來說，達也不可能把這種程度的事全扔給妹妹，這也是既定法則。

達也含一口咖啡，在腦中打開行程表。

「……下週五到週日有空，之後就有點難。」

魔法科高中的暑假是到八月底（理工或文科高中的暑假大多在八月中旬結束，藝術或體育高中的暑假則多半是到九月中）。

達也去年與前年的暑假，幾乎都用在獨立魔裝大隊的訓練以及研究所的工作（去年夏天還加上升學考試——主要是擔任深雪的家教——把行程塞得滿滿的）。

今年暑假前半有九校戰，導致行程變得無謂緊湊。而下個月即將正式上市的「飛行魔法專用演算裝置」開發工作令他更加忙碌。

對他來說，今年的暑假也不是「假期」。

「那就是從下週五到週日的三天兩夜。我去連絡雫。」

正因如此，深雪鼓足幹勁不想放過這種機會。沒辦法單獨和哥哥共處令她略感遺憾，但是比起自己的欲求，當然應該優先讓哥哥紓解身心。

◇　◇　◇

雫似乎真的為了達也空出行程，接到深雪電話之後二話不說就答應。後來雫連絡穗香告知日期，艾莉卡與美月由深雪邀請，雷歐與幹比古由達也邀請，結果沒有任何人不方便參加。達也不禁想要質疑，這是否真的只是巧合。

後來就這樣來到旅行當天。其實之前還被女性成員們找去外出購物，在百貨公司的泳裝販售區備受注目；但達也將這個事件收進記憶抽屜的深處，還將抽屜縫隙焊接起來，所以這部分只好在此割愛。

指定的集合地點不知為何不是機場，是葉山碼頭。

「哇……好漂亮的遊艇。」

艾莉卡以閃亮的眼神仰望純白船身，這次（和九校戰那時不同）沒有格格不入的短褲底下，修長有型的美腿毫不保留地展露無遺。

「艾莉卡家也至少有艘遊艇吧？」

雫以微妙地有些害羞的表情（達也同樣大致看得出雫的表情了）詢問。艾莉卡露出苦笑，搖頭否定道：

「我家裡有船，但那應該不叫『遊艇』吧……應該說我不想這麼叫。船上的穩定器平常都關著，搭起來的感覺糟透了。」

「……難道是為了訓練？」

「沒錯。」

「做得真徹底……」

深雪無奈地低語，旁邊的美月像是不知道該擺出什麼表情，只有含糊一笑。

另一方面……

「是弗萊明推進器啊……沒看到排氣管，所以不是用燃氣輪機供電，是光觸媒氫氣裝置加上燃料電池嗎？」

達也很有男生的樣子（？）對機械感興趣，仔細觀察推進器而輕聲自言自語。

「為了以防萬一，也有安裝氫氣吸收儲存槽。」

達也得到出乎預料的回應（不是內容出乎預料，是沒預料到有人會回應他）。

轉身一看，那裡有一位「船長」。

頭上的船長帽戴得很深，身穿附有裝飾鈕釦的外套，還鄭重地含著菸斗。

不過體格似乎不夠穩重。

生活習慣病造成的肥胖症狀，二十年前就因為治療藥物普及而從社會上驅逐。但如果想打扮成船長就應該稍微有點福相。

達也維持困惑表情如此思考時，「船長」主動前來握手。順帶一提，他左手煞有其事地握著古典造型的菸斗——仔細一看，菸斗裡面是空的。

「你是司波達也吧？我是北山潮，雫的父親。」

對方比預料還要平易近人許多的個性，使得達也難免不知所措。但達也的社會經驗比普通高中生豐富，沒有讓這種心情展露於言表，回以無懈可擊的問候。

「初次見面，我是司波達也。久仰您的大名。本次和妹妹一起請您多多指教。」

「我才要請多指教。」

達也面對雫的父親伸過來的手，原本只想以不違反禮儀的程度淺淺回握，但對方卻穩穩地握住了他的手。

手的觸感意外地有力。即使如此，和風間或柳比起來，依然是慣於進行文書工作的手指與手掌。與其說達也被手的力道抓住，更像是被他視線的力道定住。他的目光像是在拿捏對方斤兩，卻不會令人感到不悅。是居於眾人之上，和同樣居於眾人之上的他人旗鼓相當的領袖目光，是身經百戰的將領目光。

「……看來你並不是個只有頭腦聰明的秀才，也不是只擅長小伎倆的技師。外表看起來實在相當可靠。」

潮的細語聲小到一般來說聽不見，是達也同樣得集中意識才聽得見的音量，也是超過必要底限的顧慮。但即使他以正常音量說出這番話，達也依然不會覺得沒禮貌。北山潮洋溢的風格，令人認為他對眼前對象品頭論足也是理所當然。

然而——

「嗯，看來雫的眼光沒錯。我女兒挺成材嘛。」

潮忽然說出這種疼女兒的傻父親般的言論。達也表面上維持正色，卻心想「這就是那位『北方潮』嗎……」而暗自嘆息。

剛才達也說久仰大名，並不是單純的客套話。

企業管理階級為了保護隱私，對外使用商業假名而非本名，這種做法如今反而稀鬆平常。擔任FLT開發總部部長的達也父親，也不是使用本名「司波龍郎」，而是「椎原辰郎」。

之前雫提到父親經營公司時，達也心裡沒什麼底，但是後來得知商業姓名時，非常驚訝於原來是如此赫赫有名的人物。

雫的父親因為晚婚（和魔法師結為連理，需要花費許多歲月克服各種障礙）應該已超過五十歲，但是這種平易近人……應該說輕佻的氣息，看起來只像是四十歲左右。

「——深雪！」

達也以目光向對方知會之後呼喚妹妹。

小跑步過來的深雪立刻察覺狀況，朝雫的父親文雅行禮。

「初次見面，我是司波深雪。本次感謝您的招待。」

「小姐，感謝妳這麼有禮。我是北山潮。能夠邀請到像妳這樣美麗的女性，對這艘船以及敝人寒舍都是出乎預料的榮幸。」

潮按著胸口裝模作樣地行禮，深雪也回以友善的甜美一笑，以西式禮儀屈膝回應。

考量到深雪的美貌與舉止的美感，潮的表情稍微放鬆也在所難免。

「哎呀，伯父。記得我初次問候的時候，您沒說過這種話吧？」

「爸，別露出這種沉迷美色的樣子，很丟臉。」

但是不留情的做法並非基於理性。兩名少女忽然以話語為武器射向潮。

「不不不，我哪有沉迷美色……」

如果只要應付親生女兒，他應該還可以適度瞞混過去。不過從小學時代就當成第二個女兒疼愛的穗香也聯手進攻，潮這樣的幹練企業家似乎也招架不住（順帶一提，穗香聽到潮要來而感到躊躇的原因，在於潮真的把她當成女兒，每次都給她不少零用錢，令穗香過意不去）。

後來，潮走向距離有點遠的艾莉卡等人，以誇張的肢體動作向他們開始搭話，這很明顯是為了轉移話題。

「──喔喔！你們也是我女兒的新朋友吧？歡迎各位，開心玩吧。很遺憾我非得先走一步，就當成自己家放輕鬆吧。」

大概是對待客戶的方式和對待女兒不同。從他不一致的遣詞用字，就隱約看得出他的內心浮現了動搖。

雫的父親匆忙坐進大型轎車，依依不捨地看著他在車內脫下的船長帽。看見這一幕的達也，懷著認同與同情的感想，以別人聽不到的細微音量說：「他應該是希望，至少要享受和女兒一起搭船旅行的氣氛吧……」

◇　◇　◇

別墅所在的智島列島約是九百公里遠。搭乘實際最高航速一百節的弗萊明遊艇，大約是六小時的航程。

達也無法理解為何甘願不使用飛機，而是刻意以船作為交通工具（自家擁有垂直起降的螺槳飛機已經不稀奇，而且還比弗萊明推進器的遊艇便宜），但以雷歐或艾莉卡的說法是「這正是旅行的樂趣所在」。達也忍不住想吐槽他們「本次的目的是海水浴而不是旅行」，但還是僅止於在心中低語「這兩人果然意氣相投」。

總之，達也處於受邀的立場，而且並不會因而暈船。在清晨六點這麼早的時間集合，就是考量到移動需要時間，所以達也上船以便儘早出發。

這艘船從外面看就很大，但是甲板比外頭看到的更加寬敞。雖然船上畢竟還是沒有泳池或戲院（這不是「豪華客船」，是「遊艇」），但即使八人並肩坐在甲板垂釣，依然還有充足的空間——不過考量到空氣阻力，整個甲板以流線型的透明圓頂覆蓋，實際上不可能垂釣。

「不過，在低速航行時，側面會打開。」

如此為眾人說明的是這艘遊艇的舵手，同時也是在目的地別墅負責照顧他們起居的萬能管家——黑澤小姐。

她的外表……與其稱為管家，但感覺應該有其他更適合的字詞形容才對。何況她看起來頂多二十五歲。

雖說如此，她給人的感覺不是溫柔慈祥，而是適合形容成精明幹練。在盛夏陽光照耀的海面，即使圓頂會隔絕過度的光線，那種穿著不熱嗎？不，與其說她本人，不如說看的人會熱。

只不過，現在整齊穿在達也身上的衣服，雖然是夏季外套卻依然是長袖上衣，這樣的他或許沒資格想這種事。

遊艇設計成船頭上方是操舵室，操舵室下方是船艙，操舵室天花板延伸出透明的圓頂，船身後半部是甲板。

黑澤確認所有人上船之後立刻進入操舵室，遊艇沒多久就離岸。

途中沒有遭遇風雨。浪雖然有點大，但是多虧穩定器與吸震系統，所以沒人為暈船所苦。遊艇平安抵達別墅所在的媒島。

這座島嶼的珊瑚礁，在上個世紀後半因為野生化的山羊而面臨絕跡危機。後來以人工方式試圖救回珊瑚礁，但最後沒有成功。在島上建立別墅的民間財團，將疏浚紅土之後的海岸改建為碼頭與沙灘。這就是「學者」批判為「破壞大自然」的原因。

然而，當這裡有人居住的時候，珊瑚礁並沒有遭到破壞，驅逐野生化山羊的也是人類。搞不懂大自然是因為有人類而遭受破壞，還是在沒有人類之後遭受破壞。

達也不禁差點沉入這種諷刺的思緒，但他換了一個想法。他覺得如今為了遊玩而前來使用碼頭與沙灘的自己，不能囂張批評這種事。

從他的獨白就知道，達也等人抵達沒多久就來到海灘。

白色的沙，耀眼的太陽。

不過，海灘比太陽更加耀眼。

「達也同學～不來游泳嗎～？」

「哥哥～很涼很舒服喔～」

艾莉卡與深雪從海岸線傳來呼喚聲。達也在沙灘上架設的陽傘底下，露出了含糊的笑容，對她們揮了揮手。

——話說回來，好耀眼。

這裡所說的耀眼，是在海岸線嬉戲的少女們的泳裝外型。

首先吸引目光的，是身穿花俏原色連身泳裝的艾莉卡。沒有多餘裝飾的簡單設計，更加凸顯出她纖細的好身材。

在旁邊揮手的深雪，是印上大朵花兒的連身泳裝。逐日增加女人味的身材，以泳裝的搶眼圖樣模糊視覺上的焦點，著實強調出飄渺如同精靈般的魅力。

令人意外的是美月。小圓點花紋的兩截式泳裝沒有比基尼那麼火辣，但是胸前的深V剪裁強調出豐滿的胸部，嬌豔得無法從她平常文靜的印象想像。不過，可能是因為肩膀與骨盆太窄而顯得腰部曲線不足，這部分或許得說聲敬請見諒。

穗香同樣是兩截式泳裝，卻是單肩帶款式配上沙龍裙的不對稱風格，展現出成熟的氣息。如果不是光看大小而是看曲線，身材最好的人或許是她。

雫則是和她相反，穿著大幅使用荷葉邊的少女風格連身泳裝。連這種時候都缺乏表情、維持成熟面容的雫穿上這種泳裝，莫名有種錯亂的妖豔魅力。

達也不禁覺得繼續注視不太好，因此移開視線。

距離海灘頗遠的海面，激起盛大的水花。

雷歐與幹比古正在進行（游泳）比賽。

就達也所見，雷歐只是單純開心玩樂，但幹比古則是頗為陷入困境而自暴自棄……這樣的他讓達也莫名有種親近感。

達也將視線投向更遠的水平線，放空內心徜徉在一望無際的穹蒼。

就這樣暫時沉浸於忘我的感覺。

忽然間，達也察覺有人接近到身旁。

達也轉身移動視線一看——他很想稱讚自己這時候沒有發出聲音。

五個人彎腰盯著他的臉看。

平常就算了，但是穿泳裝擺出彎腰姿勢會造成不少問題。

「達也同學，你在想心事？」

雫深深彎下腰，以雙手撐住膝蓋的姿勢從正面窺視他詢問。從這個角度就看得出雫的體型沒有想像中那麼孩子氣。但這種想法不能顯露於話語或態度。當然也不能這麼凝視下去。

「哥哥，難得有機會來海邊，一起去游泳吧？」

「就是說啊。如果只待在陽傘底下，時間都浪費掉了。」

就算這麼說，雫的左邊是深雪、右邊是穗香，而且都以相同姿勢圍著他，現狀沒辦法讓視線逃往兩側。

站在雫身後以天真表情等待達也回應的美月就算了，但美月身旁的艾莉卡正露出壞心眼的微笑，要是這麼扔著她不管實在不妙。雖然達也沒有明確的根據，但依然這麼想。

「也對，就去游泳吧。」

達也起身拍掉腳上與泳褲的沙子，藉此不經意讓視線從五人的豔姿移開，就這樣低著頭，脫下七分袖的防水連帽上衣。

氣氛隨著連帽上衣掉在沙灘上的聲音改變。

達也立刻心想不妙，但已經太遲了。

「達也同學，那個是……」

艾莉卡的聲音透露出無法掩飾的緊張。

達也立刻就明白「那個」的意思。不只是達也，穗香、雫與美月都理解到艾莉卡被什麼東西

嚇到而緊張。因為她們的目光也盯著達也身上的「那個」。

連帽上衣底下，隱藏著千錘百鍊的鋼鐵軀體。肌肉的粗壯程度本身不值得驚訝。達也的體格還沒有成年人的壯碩。然而，即使殘留著少年氣息，他的腹肌與胸肌都沉重、堅硬而緊實，刻出的紋路如同文藝復興時期的雕像一般。

只不過，皮膚印著和雕刻不同的無謂紋路——許多的傷痕。

最多的是割傷。

刺傷的數量不相上下。

各處都有細微灼傷的痕跡。

沒看到骨折的痕跡，令人感到不可思議。但即使除去這一點，這也不是以正常鍛鍊方式就能練出來的軀體。

只進行普通的鍛鍊不會變成這樣。

單單只進行嘔心瀝血的訓練，不會成為這種軀體。

必須實際被砍、被刺、被燒，流著血接受近乎拷問……或者是實際接受拷問，才能鍛鍊出這樣的軀體。艾莉卡正因為能理解這一點，才不禁吃驚地詢問。

「達也同學……你到底……」

「抱歉，這不是看了會令人舒服的東西吧。」

達也以無關的話語回應這個無法回答的詢問，從艾莉卡身上移開目光，朝著他剛脫下來的連帽上衣伸出手。

不過，他的手並沒能抓到連帽上衣。達也落在沙灘上的上衣，被迅速蹲在他腳邊的深雪給抱在胸前了。

即使是妹妹，達也依然不能朝女性的胸口伸手，左手就這樣不知所措地在半空中徘徊。幸好（？）他不用煩惱這隻手該收回哪裡。因為深雪一起身就靠過來，以右手摟住他的左手。

「哇！」

發出驚呼聲的人是美月。緊貼著達也的深雪，胸部只隔著一層泳裝按在達也手臂。但深雪沒有絲毫害羞的樣子。

「哥哥，不要緊。」

深雪臉頰微微染上紅暈。但是這份嬌羞，並不是來自半裸的挽手。

「我知道。這裡的每一道傷痕，都是哥哥努力想比任何人都強的證據。」

是因為兩人眼神在近距離相互凝視而嬌羞。

「所以，我不認為哥哥的身體不好看。」

深雪這番話，使得達也的表情稍微緩和。緊接著，他的右手臂傳來柔軟的衝擊。

艾莉卡簡短吹了一聲口哨。但是這個聲音蘊藏的不是消遣，是讚許。

達也大致預料得到是誰，但還是轉頭確認這股包覆右手臂的觸感。

正如預料，挽著手臂的是穗香。她像是要和深雪競爭，以雙手抱住達也的右手。穗香的泳裝是和深雪不同的兩截式，所以達也的手直接碰觸到她的柔嫩肌膚。不曉得是否因為這樣，穗香的臉比深雪紅三倍。

「我……我也不在意！」

穗香剛開始結巴，後來一鼓作氣迅速說完。會這樣也是理所當然。如果是和男友就算了，但卻是和並非男友的異性挽手，而且身上穿的是泳裝，這種行為實在過於大膽了。當事人穗香內心沒有動搖才奇怪。

不過說到奇怪，穗香採取的行動本身就很奇怪。

一名十來歲的少女……不，即使是人生經驗更加豐富的女性，也應該難以直視刻劃在達也身上的傷痕。或許是因為數量雖多，但都是些小傷痕，所以不會引人反感；不過一般來說，光是想像造成這些傷痕的原因就會令人恐懼。達也明知如此還在她們面前脫下連帽上衣，這種行動只能形容為冒失。達也抱持苦澀的想法，認為自己似乎被南國天候弄得痴呆了。

那先暫且不提。艾莉卡的反應以少女來說或許也很稀奇，但還在達也可以理解的範圍。至於深雪，達也從不久之前就放棄以「普通標準」衡量深雪對他展現的言行舉止。但是穗香這種行動背後的意圖，達也依然無法解明。這樣簡直像是——

「這樣簡直像是……夾在女友與妹妹之間的構圖。」

「喂，噓！美月，不可以講這種話吧？難得一場好戲就要上演了。」

美月這番話不是風涼話，是率直的感想。達也同樣明白這一點。在「不可以講這種話」這部分，達也完全和艾莉卡有所共鳴。但是後半部分就完全無法同意。

只不過，艾莉卡這番話前半與後半的語氣，都和剛才明顯不同，不再有迴避的感覺。美月的語氣也完全一如往常。

穗香應該有聽到美月這番話，卻依然緊緊挽著他的右手，使得達也實在無法應付（對深雪則是已經不在意）。對這樣的達也，艾莉卡朝他露出有些過意不去的笑容。

「那個……達也同學，我剛才擺出那種奇怪的態度，對不起。」

「沒關係，我不在意。艾莉卡也別在意。」

「就算要我別在意……啊，對了！」

艾莉卡露出像是想到好點子的表情甜美一笑。

「我也讓你看我的身體當賠罪吧。」

艾莉卡說著，將右手拇指伸到泳裝肩帶底下，配上秋波拉起一根手指的高度。

艾莉卡身旁的美月僵住了。

穗香就這麼看著下方不抬頭，深雪就這麼面帶笑容注視達也，達也交互看著挽住自己雙手的

「我們去游泳吧。」

達也就這麼任憑兩名少女挽著手臂走向海岸線。

艾莉卡鼓起臉頰，美月有些困惑地露出恍神的笑容。

雫經過兩人面前追上達也他們，並朝著右側少女的身後頻頻點頭，就像是在對她說「妳做得太好了」。

◇ ◇ ◇

耀眼湛藍的天空，在達也正前方擴展開來。他背靠平穩的海面（不過整個身體幾乎是已經被淹沒的狀態，只有臉勉強浮上水面），漂浮在若有似無的波浪之間。

達也直到剛才，都和大家玩著從潑水遊戲演變成令人想質疑「這是噴射水流？」的水仗（水流當然是以魔法製作，達也一直扮演人肉靶子）。不過即使是達也，一名少年和五名少女嬉戲的場面，終究令他精神上難以承受。如果雷歐與幹比古在現場，他理應不會達到逃走的程度，但他們兩人的游泳比賽似乎變成長泳，完全看不到他們的身影。達也留下「我去遠一點的海面晃晃」背對五人離開時，深雪露出相當不滿的表情，但她還是理解到了哥哥多麼不自在。

女性成員們正在搭小船嬉戲。場所在達也漂浮處附近靠沙灘的位置。不會妨礙達也喘口氣，卻維持在可視範圍之內，這似乎是深雪等少女們的妥協界線。

隱約吹起的微風，將少女們的開心聲音送到達也身旁。她們就只是尖聲歡笑，聽不出什麼具有意義的對話，但是達也不用轉頭觀看，也大致掌握她們是以何種相對位置嬉戲。穗香與雫在船上，深雪與艾莉卡在海裡抓著船緣，美月則是在陽傘底下小憩。

任憑波浪微微搖曳的達也想起一件事。這麼說來，記得穗香應該說過她不太會游泳。她搭乘的東西名義上是船，但是吃水很淺，只比衝浪板好一點，又小又不穩定。她來到離岸這麼遠的海面沒問題嗎？

這種不祥預感大多很靈。可以形容為「言靈」或是「插旗」，各人有不同的稱呼方式。但是不如意的預料化為言語就會成真，這是超越理論經常會發生的事。而且不只適用於說出口的言語，也適用於只在腦中浮現的言語。

微微拂動的夏日空氣忽然被尖叫聲撕裂，達也擔心的翻船意外發生了。他在目視之前就更早「認知」這項情報，就這麼「站在海面」並且「奔向」翻覆的小船。這是極為不方便在他人面前展現的移動方式，不過這樣比游泳快得多。達也跑到翻覆的小船旁邊，解除每跑一步就以閃憶演算連續發動的表面張力增幅魔法「水蜘蛛」。

達也的身體從腳潛入海中，以手勢制止先潛入海中的深雪，從穗香身後摟住她的腰。穗香揮動手腳抵抗，大概是陷入恐慌狀態，但達也不以為意，以雙腳蹬水浮上海面。

海面上，艾莉卡正把雫推到船上。不曉得將翻覆的船恢復原狀的是艾莉卡還是雫。說起來，達也還想知道船翻覆的詳細經過，但他決定之後再追究，先讓穗香坐回船上。

穗香臉部探出水面之後，情緒似乎稍微平復了一些，但依然處於激動狀況。即使沒有胡亂掙扎，卻喊著「等一下！」或是「求求你！」這種莫名其妙的話語堅拒上船。不過，夏季海水溫度雖然高，光是待在水中就會流失體力。何況穗香差點溺水，現在必須讓她在船上休息。因此達也硬是把搖頭抗拒的穗香拉上船。穗香的身體順勢轉半圈，先上船的雫從背後抱住她。穗香的身體因而正對達也，達也至此才總算理解穗香抗拒的原因。

大概原本就是重視時尚的設計，沒有考量到真正游泳的狀況吧。

穗香的泳裝上半截完全捲起。

達也閉上雙眼，任憑重力牽引沉入水底。

穗香慢半拍發出尖叫，以雙手遮住胸前跪伏在船上。

◇◇◇

「嗚……嗚……嗚嗚……」

「那個……請問……怎麼回事……穗香同學，妳還好嗎……？」

穗香癱坐在海灘，正式落淚哭泣。不知道事由的美月慌張向她搭話。另外三人──雫、艾莉卡與深雪，則是愧疚地圍在兩人身旁。

「嗚……所以……嗚……我不是說……嗚……等一下嗎……」

最無地自容的當然是達也。老實說他想逃走，但現在是不容許轉向或撤退的場面。

「沒有啦，那個……畢竟達也同學救了妳……」

艾莉卡堪稱定例的幫腔，同樣幾乎是毫無效果。深雪也因為達也是當事人之一，找不到安慰的話語可說。

「穗香，那個……對不起。」

達也並沒有惡意，甚至幾乎沒有責任，但也無法一直裝作若無其事。如此心想的達也低頭道歉，前方的雫把嘴湊到穗香耳際。

『穗香，妳明白不是達也同學的錯吧？』

只有穗香聽得見的細微音量。

『畢竟妳當時有足夠時間調整泳裝。』

即使音量很小，即使內容某部分和事實相反，雫的聲音依然能安撫穗香的情緒。

『雖然和剛開始預定的不一樣……』

只不過，這番話要說是安慰也有點可疑。

『不過這是個好機會。』

甚至像是暗藏陰謀。

雫再度低語兩三句之後，穗香終於抬起頭。

「達也同學……你真的認為對不起我？」

「我毫無虛假地這麼認為。真的很對不起妳。」

穗香朝著再度深深低頭的達也低語。

「那麼……請你今天一天都要聽我的話。」

「啊……？」

出乎預料的這句話，使得達也臉上浮現困惑神情。在這種時候提出這種要求，總覺得不符合穗香的形象。有這種想法的似乎不只是達也，深雪與艾莉卡也露出相同的表情。

「這樣我就原諒你。不行嗎……？」

達也轉頭與深雪相視。

深雪以一副「沒辦法了」的表情苦笑。

「……如果這樣就原諒，那我願意。」

達也知道，即使得聽穗香的話，這名少女也不會提出幾十年前流行的「國王遊戲」那種惡質要求。達也有些猶豫地點頭允諾後，穗香說了句「說定囉！」並以滿臉笑容點頭回應。

雷歐結束非常漫長（包括距離與時間）的游泳競賽上岸時，露臺正在進行午茶會。

桌上擺著冷飲與色彩繽紛的水果。

負責供餐的黑澤穿著圍裙，但底下終究不是剛才那套制服，而是輕薄的迷你連身裙。連身裙是裸露香肩的短裙款式，而且白色圍裙面積比連身裙大，纖細的四肢伸展出來，洋溢著十幾歲的少年難免會看得目不轉睛的魅力。但現在面前並排著四個更加搶眼的泳裝美景。即使在成熟度得退讓一步，卻是兩名容貌超群的美少女，加上兩名容貌在水準以上的美少女。雷歐在這副令人目不暇給的泳裝美景面前，依然能實踐「食慾大於色慾」的原則。因此黑澤釋放的「成熟魅力」對他來說不難應付。

不過，雷歐並不是漠不關心。認知到眼前的泳裝女孩共四位的時候，他發出「咦？」的聲音歪過腦袋。

「達也與……光井怎麼了？」

「他們……在那裡……划船。」

回答的聲音不是來自餐桌，而是來自背後。

全身散發疲憊感還滴著海水的幹比古，氣喘吁吁地回答並伸出手指。

朝他所指的方向看去，達也與穗香兩人，正以復古的划槳船前往近海。

「……那是什麼狀況？」

「剛才發生了很多事，真的很多。」

雷歐詢問之後，艾莉卡撇過頭如此回應。

她的表情與其說冷淡，更像是半鬧彆扭。被撇頭無視的雷歐與其說心情變差，感到「咦？」的好奇心更為強烈。

旁觀的幹比古也露出深感興趣的表情，但他的注意力很快就移向海上的兩人。

達也戴著草帽，臉部被帽子造成的陰影遮住，看不清楚他的表情。

穗香撐著陽傘背對這裡，更不可能看見她的表情。

即使如此，幹比古也感覺到遠離海灘的小船，散發著安詳又喜悅的氣息。

「……感覺他們氣氛挺不錯吧？」

「呃，喂！」

艾莉卡罵不出「笨蛋」兩個字。

她慌張至極的話語，被對面座位傳來的冰涼空氣斬斷。

唰哩唰哩唰哩唰哩……幹比古從坐在身旁的少女手邊，聽到了這種像是嚴冬的深夜會傳出來的不祥聲音。

「吉田同學，要不要來顆冰涼的柳丁？」

深雪親切搭話，幹比古頻頻點頭，從她手中接下冰過頭的柳丁。

黑澤抓準時機遞出湯匙。

幹比古以機械化的動作，接過吃冰沙用的湯匙。

深雪拿起另一顆水果。此時再度響起「唰哩唰哩唰哩唰哩……」的聲音，眨眼之間完成了一顆維持原形的芒果冰沙。冰冷地注視水果的深雪移開視線，露出親切的微笑，將芒果遞到了斜前方的座位去。

「西城同學也來一顆吧？」

「啊……謝謝……」

即使是雷歐，也頂多只能擠出如此的回應。

深雪再度看向水果山，不過似乎是情緒發洩到膩了，像是感到無趣般移開視線。

「雫，不好意思，我好像有點累，方便讓我回房休息嗎？」

「好啊，別在意。黑澤小姐？」

「是。深雪大小姐，我來帶路。」

深雪跟在黑澤身後，走進別墅消失身影。

畏縮至今的美月鬆一口氣的表情，和雫總是不變的撲克臉，成為良好的對比。

晚餐是烤肉派對。

八個人和樂融融地圍著烤肉爐，不時在餐桌與烤爐之間來回走動。

可能是休息過後心情也平復了吧，深雪看著穗香勤快地照顧達也的樣子，和艾莉卡與雫快樂地閒聊著。

美月似乎是在午茶會留下了輕微的心靈創傷，在稍微遠離深雪他們的位子，她正在和幹比古客套地交談中。

雷歐的嘴完全用來吃東西，而黑澤幾乎成為雷歐專屬的供餐員。

理所當然地，眾人並沒有明顯分成小團體。穗香偶爾會加入深雪她們的圈子，達也偶爾會和雷歐爭奪食物。

只不過，總覺得——總覺得和平常相比，一股尷尬的空氣在他們之間流動。

◇　◇　◇

暴風雨前的寧靜。

不曉得會發生什麼事，卻覺得會發生某些事——打破這種氣氛並揭開風波序幕的，是出乎意料的人物。

五名女孩的紙牌遊戲確定是美月敗北後，雫立刻邀深雪：「要不要出去一下？」

「……好的。」

遲疑只有一瞬間。

深雪立刻甜美地微笑點頭。

「……那個，要去散步嗎？那我也……」

「美月不能去，妳還有懲罰遊戲。」

美月想要起身跟在深雪身後，但艾莉卡抓住她的上衣阻止了她。

「咦？我沒聽說啊！」

「輸家當然得接受懲罰遊戲。那麼，就是這樣了，兩位外出小心。」

艾莉卡逮住不曉得是否有察言觀色的美月，朝深雪與雫揮手致意，假裝沒察覺她們兩人之間洋溢的緊繃氣息。

感受到莫名緊張氣息的不只是女性成員。雷歐吃完晚餐就早早外出閒晃，應該是在徵兆階段就嗅到這股氣息。至於一邊下將棋一邊偷看女生們互動而不夠專注的幹比古……

「將軍，再十步死棋。」

「呃，這麼快？」

則是因為達也無情的宣告而慘叫。

離開別墅，來到海岸線之後往左走。

雫默默前進，深雪不發一語地跟在後面。

就這麼走到別墅燈光照不到的地方，雫才終於轉過身來。

雫比平常還要面無表情，應該說因為緊張而繃緊臉蛋。

深雪臉上洋溢溫柔的笑容，卻是看不出情感的雕像笑容。

「抱歉，讓妳陪我過來。」

「沒關係，妳有話要說吧？」

即使深雪如此催促，雫也沒能立刻提出話題。

沖刷沙灘的海潮聲反覆十次時，雫終於開口了。

「想請妳告訴我。」

「什麼事？」

「深雪對達也同學抱持何種情感？」

雫的詢問不只是直言不諱，而且毫不委婉，也沒有說明如此詢問的意圖或理由，實在是過於直截了當。

「愛情。」

深雪絲毫沒有猶豫或動搖，只簡短回答這一句話。

「……意思是，視為異性對象？」

「不。」

動搖反而來自雫這邊。但或許是基於天生的個性，她沒有因而慌張。

深雪的回答沒有半分迷惘。

甚至從她的表情看得出從容。

「我比任何人都尊敬、深愛哥哥，但這不是基於異性立場。我對哥哥的這份心意，絕對不是戀愛情感。我和哥哥之間不可能有戀愛情感。」

深雪和雫視線相對。

「我自認明白雫為何問這個問題。」

並且嫣然一笑。

「放心，我沒有妨礙穗香的任何意思……不過會吃醋就是了。所以就算要妳別擔心，或許也不太可能吧。」

深雪這次輕聲一笑，雫噙淚以對。

「……為什麼？」

「什麼意思？」

「為什麼……妳可以像這樣看開？深雪明明這麼喜歡達也同學……」

深雪向雫那裡踏出一步。

雫繃緊身體，卻沒有後退。

深雪就這樣經過雫身旁，停在相互背對的位置。

「……我們兄妹的關係，有過多外在意圖交纏在其中，很難向他人說明。其實我對哥哥的心意沒有這麼單純……但是『我愛他』這三個字果然最為貼切。」

「……你們不是親兄妹？」

雫轉過身來。

「妳問得真深入耶。」

深雪也轉身反問。

「……對不起。」

「不，我並不是在責備妳啊。」

深雪搖搖頭，露出天真爛漫的笑容。

「有個願意如此拚命的朋友……真好。」

「我……也把深雪當成朋友。」

「我知道，所以妳才會在意吧？希望避免朋友傷害彼此。」

深雪投以溫柔的眼神，使得雫害羞低頭。

「回到剛才的話題……我和哥哥是親兄妹。至少紀錄上是如此。DNA檢查也未曾出現否定血緣關係的結果。」

「可是……」

「我知道妳想說什麼。」

雫支吾其詞，深雪以通情達理的表情點頭。

「我對哥哥的情感超越兄妹關係，我自己也這麼認為。」

雫困惑不語。

「我……其實在三年前死了。」

「啊？」

但是聽到這句表白，雫還是無法壓抑住聲音。

「應該說『原本應該死了』才對吧？但我當時確實感受到自己的生命逐漸消失，所以形容成『其實死了』也肯定沒錯。」

語畢，深雪臉上露出的微笑過於虛幻，令雫覺得「其實死了」這句話相當逼真，背脊因而竄出一陣寒意。

「我現在能像這樣位於這裡，都是多虧了哥哥。我能哭、能笑、能像這樣和雫說話，全都是多虧了哥哥。我的生命是哥哥所賜，所以我的一切都屬於哥哥。」

「這是……」

什麼意思？無法說出口的這個問題，沒有答案。

「我對哥哥的這份心意，不是戀愛情感。」

從深雪口中說出的答案，是對於雫「視為異性對象？」的第二個問題的回應。抱持確信做出的相同答覆。

「所謂的戀愛，是向對方有所要求的情感吧？」

深雪反過來如此詢問。

「要求對方屬於我，這就是戀愛吧？」

但雫沒能回答。她認為基於知識的回答，不適合用在這裡。

「但我對哥哥毫無所求。因為我已經從哥哥那裡得到我自己了。」

而且雫大略明白，深雪並非為了得到答案而詢問。

「我再也不會向哥哥有所要求，甚至不會要求哥哥接受我的心意。能夠形容這份心意的話語……果然只有『我愛他』這三個字吧。」

「……我認輸。」

對於深雪的表白，雫只能舉白旗投降。

「深雪真的很了不起。」

「但我也覺得自己有所偏差就是了。」

雫只是不斷搖頭，深雪則是調皮地使了一個眼神。

◇　◇　◇

雫她們離開後，穗香立刻去照鏡子。離開房間時所說的「去洗手間」是藉口。

穗香一邊照鏡子，一邊回想雫說的那番話。晚餐過後，雫悄悄告訴穗香：「我會帶深雪外出，穗香去邀達也同學吧。」

穗香立刻就明白箇中含意。用不著商量，雫早就看透穗香的心意。白天的翻船意外，其實是雫想撮合穗香與達也的「蓄意犯行」。穗香預先告知不擅長游泳，讓達也前來相救，再以道謝為名義進行各方面的攻勢，這就是雫的計畫。考量到達也可能來不及搭救，雫也有準備補救方案。丟臉的那一幕完全是意外，卻也因而能在後來獨占達也，穗香對此感到心虛又高興。

如今，雫為她完成了示愛的準備。穗香稍微遲疑之後，以不起眼的程度塗上薄薄一層淡色唇膏。整理頭髮、檢查服裝儀容，說聲「好！」為自己加油打氣。接著她回到客廳，按照計畫邀達也前往深雪不在的地方。

穗香沒有察覺到，自己的腳正微微顫抖。

穗香不時偷看走在身旁的達也，思索幾時要提出話題。

至今都依照她所想像的狀況進行。當穗香邀約「要不要去外面走走」時，達也二話不說就答應，反而令她不知所措。

剛開始過於順利，令她有種自己被局勢牽著走的感覺。

達也不發一語。

離開別墅，來到海岸線之後往右走，達也配合穗香的速度走在靠海的一邊，像是保護穗香不受波浪襲擊。

穗香感覺達也大致知道她的意圖，卻迴避提及這部分。

沒有主動出擊將會不了了之，這種危機意識推了穗香一把。

「達也同學。」

反覆欲言又止的穗香終於擠出聲音，達也停下腳步轉過身來。

這裡已經看不到別墅的燈光。

在夜幕另一頭的交談聲也被波浪聲蓋過，沒能傳到這裡。

只有潮汐聲填滿夜色的星空之下，穗香和達也正面相對。

但穗香無法說下去。即使達也以目光催促，穗香也只是移開視線低下頭。

「那個……」

間隔片刻之後抬頭，想開口時目光相對，於是便以緊張的表情再度低頭——這樣的動作反覆了好幾次。

「嗯，什麼事？」

達也使用比平常柔和的語氣與話語，引導她繼續說下去。

或許是他的聲音，比起話語更令穗香鼓起了勇氣吧。

「那個……就是……我……喜歡達也同學！」

穗香猶豫不決到最後擠出的這句話，或許傳到了夜幕的另一頭。

但穗香沒有餘力想到這種事。

對現在的她而言，整個世界只以她和達也兩人打造而成。

「——達也同學覺得我怎麼樣？」

無法和達也目光相對的穗香緊閉雙眼，卻遲遲沒聽到回應。

「……造成……你的困擾了嗎？」

穗香戰戰兢兢地睜開雙眼，戰戰兢兢地哽咽詢問。達也對此笑著搖了搖頭。

「沒有困擾。我也想過或許遲早會聽妳這麼說，但我是今天白天才察覺。」

和達也目光相對的穗香，覺得他有一對憂傷的眼神。

穗香緊緊握拳，承受著即將湧上心頭的悲傷。

然而達也的回應出乎預料，不在穗香樂觀的預料之內，也不在悲觀的預料之內。

「……穗香，我是一個精神有缺陷的人。」

「……啊？」

「我小時候遭遇魔法意外……精神上的部分機能因而消失了。」

穗香臉上瞬間失去血色，蒼白到在夜晚的黑暗之中也看得出來。

她睜大眼睛，緩緩舉起雙手摀嘴，輕聲說：「怎麼會……」

「當時，我大概也喪失了名為戀愛的情感。並不是被封鎖，所以也無法釋放出來；並不是損毀，所以也無法治療（修復）。消失的事物無法取回。」

達也說得如同置身事外。

「我不懂戀愛這種情感。能喜歡他人卻無法愛人，只是姑且擁有這方面的知識。我試著診斷自己的內心，才明白了自己欠缺這個部分。」

穗香只是摀著嘴，沒有說「騙人」或「無法置信」。也說不出其他的話語，正如字面所述處於語塞狀態。穗香沒有主動編織話語，只有達也的表白滲入耳朵，進入她的意識。

「這種說法或許很卑鄙吧，我也喜歡穗香。不過卻是和其他朋友同樣喜歡。即使穗香再怎麼努力對我好，我肯定也無法將妳視為特別的女性。這一定會令妳難受——受到傷害。」

達也說到這裡，露出洋溢著無力感的笑容。

「所以，我無法回應穗香的心意。」

達也至此閉口。

穗香也不發一語。

只有反覆來回的浪濤聲，充斥於夜晚的黑暗。

波浪逐漸接近。

終於即將打到兩人腳邊。

經過這段時間之後，穗香抬起頭來。

「請不要生氣喔。我一直認為達也同學喜歡深雪。不是對妹妹，是對異性的喜歡。」

「……那是誤會。」

「嗯，似乎如此。畢竟達也同學很聰明……如果要說謊，應該會說更可信的謊言才是。我沒聽說過哪種魔法能消除一部分的精神機能，但也因此更加能夠相信。不過既然這樣，達也同學也不會和我以外的女生交往吧？」

「……既然這樣，那就好。」

「？」

「達也同學今後也一直不會有女友吧？既然這樣，我即使就這麼一直喜歡達也同學，也不算是第三者，對吧？」

莫名突然的演變令達也不知所措，但他還是點頭回應：「嗯，是這樣沒錯……」

「這……或許如此吧。」

「那就沒問題了。我決定今後也繼續喜歡達也同學！但只到我喜歡上別人為止！」

這是開朗並附帶變心預告的宣言。

「……真拿妳沒轍。」

達也苦笑點頭。

穗香刻意補充「到喜歡上別人為止」的意圖，達也可沒有遲鈍到聽不出來。

隔天，太陽也從早上就持續強烈表達自我。

氣溫從早晨就超過三十度。

原本就已經令人冒汗，籠罩暑氣的沙灘上——

不斷上演火熱的對決。

「哥哥，請轉過去。我幫您擦防曬油。」

「達也同學，要不要喝果汁？」

像是這樣。

「雫說要借我們水上摩托車。可以請哥哥載我嗎？」

「在稍微出海的地方，好像有個潛水景點耶。」

像是這樣，散發著令外人煩悶的熱氣。

「看來深雪昨天相當壓抑……」

「穗香同學莫名有種非常看開的感覺……」

艾莉卡與美月對此頗為無言以對。

「…………」

雫掛著有些困惑的表情。

「該怎麼說，真辛苦啊。」

雷歐充滿同情地如此感慨說道。

「……吉田同學，怎麼了？」

「咦，不，沒事。」

幹比古則是──慢著，為了他本人的名譽，還是別說出來比較好。

總之，朋友們心中懷著各自想法投以視線的前方，有著依序處理深雪與穗香的要求，而且不時嘆氣的達也。

讓深雪坐在水上摩托車後座，載著她在海面奔馳（後來也載了穗香）。

得知穗香其實還算是會游泳──昨天是基於另一種意義而恐慌──因此和她一起搭乘馬達船前往潛水景點（深雪也同行）。

彼此相互擦防曬油（補足流失的部分）；嘴裡接連被塞入各種海鮮，感受到鵝被灌食製造鵝肝的心情（也就是俗稱的「張嘴餵食」）。

被這種比小笠原氣團還要火熱的高氣壓（好氣壓？）包夾，在幾乎要令人灼傷的熱風中被拖著到處跑的達也……

總覺得看起來比昨天，甚至比平常都來得放鬆又快樂。

The irregular at magic high school

優等生的校外課程

暑假進入後半，第一高中校內處於冷清狀態。

夏季重大活動——九校戰結束之後，各運動社團進入自主練習模式。再過一個星期，各社團就會再度熱鬧展開活動迎接新學期，不過現在連社團活動都處於暑假狀態。

但也不是完全沒人，還是有少數學生前來進行自主練習。尤其對於一年級來說，某些有學長姊在場就很難輪到自己使用的訓練設施，可以藉這個機會盡量利用。

在這座封閉空間戰鬥練習場，也看得見許多一年級社員的身影。

穿梭在不規則設置的大型方柱之間奔馳。

視野受限的室內，即使沒有牆壁依然等同於迷宮。各處刻意關閉的照明，以及散落在腳邊的棄置物件，引發可能跌倒的恐怖情緒。

然而，即使如此依然不能減速。現在正在進行的是計時賽。就算是自主訓練，也不能留下淒慘的紀錄。

林立的柱子隔出Y字形的叉路。

瞬間判斷——選擇往右。前方設置了自動槍架。

幾乎只基於反射動作，以右手所握的ＣＡＤ「槍口」對準，扣下扳機。

發動設定為競賽用的加重魔法。

重力感應器成為開關，讓自動槍架停止運作。

背上慢半拍流下冷汗，但是無暇在意。為了挽回剛才反射性停下腳步損失的時間，必須提升闖關速度。因此他穿過靜止的自動槍架旁邊，沿著左方柱子轉彎修改路線。

這一瞬間——

——側邊遭受黏稠的衝擊。

——宣告出局的警鈴聲響起。

◇◇◇

森崎在恢復照明的賽道上，板著臉俯視自己的身體。紅色的漆彈，緊貼在戰鬥射擊社練習用隊服的右側腹。

已經乾燥的橡膠彈，並不是不能直接用手剝，但要清除乾淨就必須使用準備室的移除劑。森崎快步走向出口，以免妨礙到下一名使用者。

粗魯開門的聲音，使得正在保養操彈射擊專用發射器的女學生，睜大眼睛轉過身來（操彈射擊是不使用火藥或壓縮空氣，只以魔法發射子彈，射擊直徑二．五四公分（一吋）小型標靶的魔法競賽。操彈射擊專用發射器是步槍外型，槍身改為從四個方向夾入子彈固定的四條滑軌，並且安裝於內藏ＣＡＤ的臺座）。

「……森崎，你好粗魯。」

這名女學生——一年Ｃ班的瀧川和實停止保養發射器，朝森崎投以關心的聲音。

「瀧川……妳是操射社（操彈射擊社）的社員吧。在這裡做什麼？」

「唔哇，居然是這種問候。」

然而正如瀧川所說，森崎的回應是「這種問候」，令人感覺很差。

「我來討一些內藏ＣＡＤ的零件，而且確實得到你們社長的許可。所以我認為沒道理被你問『在這裡做什麼』這種話。」

「哼……連庫存管理都做不到？」

「真抱歉啊。話說在前面，彼此通融分享多餘的零件，是各射擊社團的傳統。森崎都只用自己的ＣＡＤ才不知道罷了。」

獲准隨時在校內攜帶ＣＡＤ的學生會幹部或風紀委員暫且不提，「普通社員」必須把各社團安裝Local Positioning System限制使用區域的備用ＣＡＤ調校為自用。入學就立刻加入風紀委員會的森崎，在社團活動時也一直使用自己的ＣＡＤ，沒機會知道社團ＣＡＤ的保養狀況。

平常聽到會啞口無言的反駁，森崎這次卻是哼笑置之，轉身背對著瀧川。無視於她「感覺好差」這句話，從牆邊置物櫃取出噴霧罐朝側腹噴。沾在側腹的漆彈從邊緣剝落，成為一整塊掉到地上。地面散落著好幾塊同樣的紅色固體。

「森崎……你這次是第幾次？是不是有點太勉強了？今天到此為止比較好喔。」

「……妳是在擔心我？」

「當然會擔心啊。」

森崎擦拭著從額頭不斷滴落的汗水，以挖苦的語氣回問。瀧川正經地點頭回應。

「我要再三強調，這可不是對你有意思、暗戀你，或是噁心的玩笑話。我只是沒辦法默默坐視熟人可能在我面前昏倒。」

「——這我知道。」

森崎滿不在乎地扔下這句話而轉過身去。瀧川繼續說：

「既然這樣的話，你今天就到此為止吧。繼續練習也只是會無謂地耗損精神，連自我滿足都稱不上。」

森崎狠狠瞪過來的視線，瀧川沒有移開目光而直接承受。

「──知道了啦。」

先移開目光的是森崎。

他不再說話，進入男更衣室而消失了身影。

「我能夠理解這種著急的心情，不過……不，我應該無法理解吧。畢竟森崎和『他』一樣，都是男生。」

瀧川目送他的背影，獨自低語。

森崎脫下隊服，穿上汗衫與制服長褲。就在他要套上夏季制服上衣時，左胸口袋的刺繡徽章映入了眼簾。

──四個月前，這枚徽章讓他引以為傲。

──最近卻經常感受到無從宣洩的煩躁。

真相不明的煩躁感，至今依然侵蝕著森崎的心。不對，或許形容成「放著不去查明真相」會比較正確。

森崎沒穿上制服上衣，單手拎在肩上走出更衣室。

瞇細雙眼，仰望普照大地的強烈陽光。

不用瀧川提醒，森崎也自覺到內心在著急。

但要是她沒把話講這麼明，森崎現在應該依然把時間浪費在沒有效果的自主訓練。這件事森崎也已經理解。

森崎心想，下次見面得請她吃根冰棒。

被判定為一般必須花一個多月治療的九校戰傷勢，如今也多虧魔法治療而完全康復。但是住院一星期而遲鈍的身體，還沒有完全恢復原狀。至少森崎自己感覺是如此。

而且……

——自己的魔法技能，別說是受到大型舞臺的歷練而有所提升，和暑假之前相比，反而好像還退步了——

這份質疑棲息於他的內心。

森崎心裡明白這樣不好，卻無法壓抑著急的心情。

（畢竟沒有老師……）

一科生擁有「特權」接受教官的個別指導，但要是教官沒來學校也無從受教。不只是森崎，參加九校戰的選手們，通常不會在暑假期間接受輔導，只能在下週之後預約接受指導。

如果只是自己學習理論，只要到圖書館就做得到，但森崎現在想磨練實作技術。他不會奢求累積實戰經驗，總之想讓魔法技術更加進步，這種想法依附在森崎的內心。

說到森崎家，就令人想到「迅發」的技術。

在百家之中，森崎家是沒有「數字」的分流家系，魔法力本身也被評為平凡的程度，但是說到特定領域的實務能力，他們以這項特殊技術，得到了相當高的評價。比起「含數家系」主流家系有過之而無不及。

那麼，「迅發」是什麼樣的技術？

其實這個名稱沒有任何拐彎抹角的含義。「迅發」就是「迅速發動」。如何使用ＣＡＤ儘早發動魔法——即是為此而創的技術。稍微說詳細一點，就是從還沒架起ＣＡＤ的狀態，迅速讓ＣＡＤ運作、迅速完成啟動處理，希望在對方魔法發動之前就以魔法癱瘓對方的技術。

威力是第二順位。

難度不在考量範圍。

即使魔法本身威力低，只要能比對方先攻擊，就能癱瘓對方。

CAD實用化之後，魔法發動速度隨之增加。這種技術是基於這樣的構想進一步徹底追求速度，本質是開發、改良各種高效率的CAD操作技法。

既然追求速度，著力點就偏向於特化型，而不是泛用型。特化型以手槍造型為主流，所以首先誕生的技術，是迅速拔出手槍造型CAD射擊的動作。

「迅發」的英文名稱「Quick draw」由此而來。

這項起始技術，帶來當初未曾想到的副產物。

從沒有拿著CAD，也就是「兩手空空」的狀態，比襲擊者更快發動魔法擊退對方。這種技術非常適合必須隱藏武器的日式隨扈。

美式的特工型隨扈，甚至會刻意亮出武器嚇阻襲擊者。但日式隨扈被要求藏起隨身武器，以免造成護衛對象或相關人士的壓力。

森崎家基於這項技術的特性，經常接受護衛的委託。主要客戶是無法隨時接受軍警護衛的民間資本家階級。即使至今的主業依然是研究現代魔法，但是當成副業經營的隨扈派遣保全公司，反而在社會上較具知名度。

森崎主流家系（意思是沒有其他男丁）的獨生子森崎駿，也從兩年前開始協助隨扈業務。身為少年的他較不容易受到警戒。他活用這項優勢，並非擔任主力隨扈保護委託對象，而是擔任後援，從後方觀察四周、阻止他人襲擊。

之前在業務吃緊時，總是會無視於他是否方便而找他幫忙家業（原本是副業），但最近完全沒找他出任務。現在的森崎不想進行得不到進步實感的練習，而是想爭取能感受己身存在意義的實踐（實戰）機會。但今天也沒有分派工作給他。

脫下制服扔掉的森崎，和鏡子裡顯露煩躁態度的少年相視。

這張臉不是別人，正是他自己。

瀧川的忠告在腦中甦醒。

森崎有所自覺，自己的精神處於相當不妙的狀態。

需要在他人話語還留在心中時轉換心情——他對自己這麼說，硬是壓下著急的情緒，放開運動服換上輕便的外出服。

即使是午後心血來潮的外出，打開通訊錄也立刻找得到四五個可以相約的對象。

但森崎選擇獨自上街閒逛。

他在前開背心內側的隱藏槍套藏入小型ＣＡＤ，隨身的零散小東西放進單肩背包，搭乘電車前往市中心。

選擇前往有明完全是隨興所至。並不是基於特別目的，也不是因為森崎喜歡這裡。真要說的話，應該是他想在一個不會太吵又頗為熱鬧的場所閒晃吧。

公園很多的這個地區，並非只屬於年輕人。但在非假日的白天，最顯眼的果然是處於求學年齡、正在放暑假的少年少女。他們大多打扮成和季節相符，以清涼程度相互較量的穿著。

這讓森崎感到新奇。

在學校，即使是暑假，學生們的穿著也遵守校規。

男學生的上衣是長袖，女學生在裙子底下加穿內搭褲。原則上不分男女當然都要穿外衣。運動服是長袖長褲，女學生的泳裝也是包覆到頸部的競賽用泳裝。

不過在這裡，挖背背心或無肩帶小可愛都不稀奇。赤腳穿涼鞋是理所當然，只遮住必要最底限面積的迷你裙或熱褲也沒有突兀感。

森崎自己也是穿著印花短袖上衣，並且解開兩顆釦子的輕便打扮。

但他加穿一件用來隱藏ＣＡＤ的前開式背心。

這是最令人感覺突兀的地方。

來往的年輕人們並未攜帶ＣＡＤ。森崎從剛才就完全沒看到身穿暗袋外套或背心的少年，或是戴著寬手鐲的少女。

從剛才就沒看見任何魔法師。

魔法師屬於絕對少數派，森崎就像是事到如今才體認到這個客觀事實。

而且忽然覺得「喉嚨很乾」。

（……因為從早上就流不少汗……）

他認定這是口渴。

不遠處有個咖啡廳的露臺。

森崎毫不思索，如同抗拒思索與質疑，走向剛好看見的咖啡廳。

不太大的店內沒有空位。

不得已，森崎只好坐在僅有陽傘遮陽的露臺座位。戶外冷氣設備如今並不稀奇，但這間店沒有安裝。包括小木屋風格的外觀以及白木桌椅，店長或許崇尚大自然風格。

應該有一部分的人，會把這種風格的咖啡廳視為「時尚」。市場確實有這種需求。但也要視季節而定。證據就是露臺座位只有零星的客人。

森崎占據角落座位，單手拿著冰咖啡，心不在焉眺望路上的年輕人。

感覺和他差不多年紀的少年少女最多。

而且一半是情侶，另外一半超過九成是結伴同行，和他一樣的獨行俠不到一成的一半（不過以心情來說，比起獨行俠更像單兵）。

逐漸被疏離感侵蝕的森崎繼續觀察人類，忽然間，一名女孩映入他的眼簾。

和他一樣是獨自一人。不，既然是女性就罕見數倍。

高領無袖上衣、及膝百褶裙和赤腳涼鞋的穿著，是稱不上花俏或樸素的中庸風格。

但她的容貌無法形容為「平凡」。

十人中有八人，如果是男性就有九人會評定她是「美少女」或「美女」。

綁成一條辮子從左肩垂到前方的頭髮，解開的話是及腰的長度。眼角微微上揚的大眼睛，以及毫無累贅的柔韌動作，令人聯想到大型貓科動物。而且不是虎或獅子，而是豹。

臉蛋明顯是東方氣息，膚色卻白得如同白種人。與其說是豹，感覺或許更像是雪豹（不過實際上，雪豹的毛色比起白色更偏灰色）。

年紀看起來比森崎大兩三歲。

她的容貌確實搶眼，但是在「搶眼」這一點，有許多少女的外型比她更花俏。森崎注意到她是因為外表，盯著她看的原因卻是外在以外的要素。

（她是……魔法師吧？）

她沒有戴著最普及的手鐲造型ＣＡＤ。

看她提著包包，或許隨身帶著手機造型的ＣＡＤ，不過沒開機就無法從外部確認。

外表沒有任何要素能斷定她是魔法師，但森崎直覺認為這名女性是魔法界的人。

她沒有察覺森崎的視線，或者是察覺卻不在意，從森崎所坐的咖啡廳前面經過。

森崎以目光追著她的背影，並且察覺有別的視線同樣在追蹤她。

不是企圖搭訕。

幫忙家業——擔任護衛後援工作習得的「直覺」響起警報聲。

某些視線隱藏著更加惡質的「惡意」纏著她。

森崎以桌上的終端機結帳，裝作若無其事地起身離席。

森崎跟蹤這名女孩，並不是基於深刻的考量。森崎的資歷沒有深到會有「職業病」的程度，但這三個字是最接近的形容方式。若要提出比較露骨的指摘，她是美（少）女的事實，也對森崎的行動造成影響。

這名少女（或許比這個稱呼成熟點）不曉得要辦什麼事，離開公園區域走向倉庫街。

維持距離慎重跟在後方的森崎，察覺行人逐漸變少。即使這個方向和公園或遊樂設施不同，行人減少的速度也快到無法以偶然解釋。

森崎認為某種不自然——正如字面所述「不屬於自然」的力量正在作用。

森崎不熟悉古式魔法，但他認為道術或陰陽術領域，應該能以某種技術對潛意識產生作用，讓人們無法接近特定場所。

換句話說，這是魔法師幹的好事。自從森崎注意到這名少女，她就沒有使用魔法的徵兆。因此森崎判斷是她以外的某人使用魔法驅離外人。

那麼，驅離外人耳目的動機為何？

總不會是想示愛卻不好意思。不可能是這種理由。

可能是綁架、搶劫，或是——性侵。

森崎判斷終究不可能會在光天化日之下暗殺，但總之肯定不是好事。

下一個問題在於對方到底有多少人。魔法範圍擴展到這麼廣，不會只有一兩個人。既然不曉得對方的實力，正面較勁是一種愚昧的做法。那麼就得等待對方採取行動，在同一時間從側面奇襲，暫時癱瘓「敵人」之後趁隙帶她離開。

——森崎決定採取這個方針。

然而事態急轉直下，超乎森崎的預料。

森崎認為這些歹徒——他自己斷定這些人是歹徒——會等到少女進入四下無人的倉庫區，才展開行動。

即使行人再少，大馬路依然有街道監視器。所以森崎確定少女走向（第二代）彩虹大橋時，認為歹徒落得事與願違的下場。

但在路上完全沒有車輛與行人的瞬間，至今纏著少女的視線成為人影包圍了她。

「你……你們到底是誰？」

少女朝著默默接近的男性們大喊。

她的反應堪稱剛強。即使是男生，要是處於這種狀況，被不知名的恐懼嚇得縮起身體無法自由出聲，也不是什麼奇怪的事。

但從少女並未察覺周圍沒有其他人影這點來看，她也受到了歹徒魔法的影響。

森崎確認少女沒陷入恐慌——若她處於恐慌狀態，就非得更改計畫——在行道樹後面架起CAD。從暗處偷襲不屬於森崎家的擅長招式，但是客觀來說，在護衛業務總是負責後援的森崎，比起「迅發」更擅長「側擊」。

歹徒一共有六個人。

必須一鼓作氣解決，以免危害到少女的安全。

森崎的太陽穴滑下冷汗。

呼吸不知何時變得又淺又急促。森崎硬是調整呼吸，從行道樹後面衝出去。

在衝向少女的途中，扣下扳機兩次。

看到對方將手伸進懷裡時往前撲，在半空中再扣扳機。

在路面翻身時再扣一次，起身途中再扣一次。

基於「隨扈」這份工作的性質（即使是副業依然算工作），森崎家開發出能一擊癱瘓對手，卻不會留下嚴重傷害的魔法。

朝後方加速，再朝前方加速抵消力道，瞬間切換的兩工序加速魔法，撼動了五名男性的內臟──尤其是腦部，使他們接連癱軟倒地。

然而森崎瞄準第六人時，心臟強烈跳動。

視線前方是消音器──是槍口。

不是ＣＡＤ。

是真槍──自動手槍。

森崎預估可能遭受魔法反擊，卻沒料到會出現真槍。

對方使用魔法清場，因此他認定對方會以魔法攻擊。

他預先準備好防禦魔法的措施，卻沒準備防禦子彈。

來不及使用魔法阻止子彈或是驅動自己。

森崎朝雙腳使力，試著逃離射線。

然而他對肌肉下令跳躍之前，安裝消音器之後特有的輕微槍聲已經響起。

槍口沒對準森崎。

少女從側邊抓住了對方握槍的手。

森崎扣下了ＣＡＤ的扳機。

第六人癱軟倒地，少女則像是被拖著一起坐在路面。

「站得起來嗎？」

森崎跑到少女面前，不等回應就握住她的手。

「最好早點離開這裡。總之往車站方向走吧。這些傢伙似乎也不希望見光。」

少女果然個性剛強。明明剛遭受襲擊，卻沒有哭泣或變得歇斯底里。點頭回應森崎之後，就抓著他的手起身。

「往這裡。」

「謝謝。」

森崎就這麼牽著少女跑向車站。

穿著高跟涼鞋應該沒辦法隨心所欲奔跑，但少女並不是被森崎拉著跑，而是並肩前進（森崎當然也有放慢速度）。

她沒有放手。

小手的柔軟觸感，激發森崎心中（俗稱的）騎士道精神。

抵達車站之後，森崎提議離開有明，但少女搖頭回應。

「我和別人約在這裡見面。」

「那就傳電子郵件講一聲……」

「基於某些隱情，我沒辦法主動連絡對方。」

少女揚起視線，露出有些困惑的笑容。

這張蠱惑人心的笑臉，使得森崎壓抑不住內心的動搖。

「真的感謝你救了我。」

少女假裝沒發現他臉紅。

森崎欣賞她這種不同於同學的貼心。

男性對年輕美女抱持的義務感——之類的情感——在森崎心中更加高漲。

所以少女接下來這番話違反他的期待，令他難以接受。

「不過，到這裡就可以了。改天……改天我想找個方式回禮。要是你方便的話，可以告訴我連絡方式嗎？」

此時少女露出「糟糕」的表情。森崎以為發生狀況而繃緊身體，卻在下一瞬間看見少女露出害羞的笑容，使得另一種緊張穿梭全身。

「啊，抱歉。我是鈴．理查生。就讀加州的大學，現在正在旅行。叫我鈴就好。」

「我是森崎駿。」

森崎感謝自己報出姓名回應的聲音沒有高八度，但他也不知道是在對誰感謝。

「用不著回禮。畢竟妳剛才也在危急時救了我。不提這個……」

森崎以使命感為動力，切換意識甩掉浮躁的心情（話雖這麼說，不過這份使命感本身，講好聽一點是來自浪漫的動機）。在敵方保有人數優勢的狀況，在遇襲地點附近逗留是下策。原本不該像這樣悠閒交談。

「我不認為事情那樣就會結束。對於遇襲的理由，妳心裡有底嗎？」

既然無法做出「逃走」這個最佳選擇，森崎就想蒐集情報擬定迎擊計畫。例如敵方的身分、己方大約多久會到。避免干涉隱私也是隨扈須知之一，但若是護衛必要情報就另當別論。

「對不起，不便透露。」

而且，即使無法得到充足情報，也不構成無法完成護衛任務的理由。

「這樣啊……我明白了。我不會過問鈴小姐的隱情。相對的，可以讓我擔任鈴小姐的護衛，直到迎接妳的人抵達嗎？」

森崎的要求使得鈴睜大眼睛。

「……為什麼？」

「這個國家有句俗話說：『十年修得同船渡』。」

「這種俗話我也聽過。」

鈴的語氣聽起來不太高興。

「這樣啊，抱歉……」

森崎尷尬地道歉。但他也不能只是畏縮。

「我偶然目擊鈴小姐差點被綁架的現場，這肯定是一種緣分。」

其實森崎也不知道為何要堅持到這種程度。鈴的意思很清楚。即使沒有明確出言拒絕，卻不希望森崎繼續和她有所瓜葛——不想波及到森崎，這一點顯而易見。即使如此，森崎也不想在這時候打退堂鼓。

到頭來，所謂的「綁架」是森崎的主觀認定。或許鈴是離家出走的千金小姐，那群男性是被家長委託要來帶她回家。假設真的是「綁架」，說不定鈴牽涉到重大犯罪，剛才那群人則是敵對組織。那群人也可能是來把逃走的組織成員帶回去。但是無論如何，敢在光天化日之下，沒有鳴槍示警就直接對人開槍的傢伙絕非善類。森崎做出這樣的判斷——或者應該說擅自斷定。

「……你剛才就明白這樣很危險吧？你不像是無法區分現實與遊戲的人。」

鈴有些傻眼的眼神，也不足以熄滅森崎的熱忱。對方是惡徒，覬覦的對象是沒有武器的嬌弱女性。那麼，森崎該站在哪一邊就顯而易見——至少在他心中是如此。

「鈴小姐比我危險。這個國家的警察很優秀，這不是謊言也沒有誇大，但犯罪率並不是零。尤其是處理魔法犯罪的魔法師警官，處於慢性缺乏的狀態。」

「這種事每個國家都一樣。」

鈴露出惡作劇的笑容消遣，但森崎沒被迷惑。

「所以我認為鈴小姐需要隨扈。」

「……你要成為我的隨扈？」

森崎以正經八百的表情，點頭回應她調侃般的詢問。

「別看我這樣，我有兩年的隨扈資歷。」

「……你應該是高中生吧？」

「我是魔法大學附設高中一年級學生。不過家裡經營隨扈派遣業。」

「噢……你姓森崎，所以是那個森崎家的人吧？」

至今沒有認真聽森崎說話，有一半當成耳邊風的鈴，終於像是認同般點頭回應。同時，這也意味著鈴所處的社會階級很熟悉隨扈這項職業。

「但我手頭沒錢啊。」

「我不是在談工作，我只是不想視而不見罷了。」

「真紳士。」

鈴輕聲一笑，森崎難為情地移開目光。

「——我明白了。既然你這麼擔心，那就拜託你囉。」

「——請交給我。」

鈴一改剛才的表情筆直凝視森崎，於是他深感光榮地點頭回應。

「那麼事不宜遲，我現在就有個要求，可以嗎？」

「什麼要求？」

隨扈不是管家，但為了順利進行護衛任務，和護衛對象建立良好關係也很重要。只要不是過度強人所難，而且不會影響到護衛任務，就必須答應護衛對象的要求。這是不分東西方——「東側」或許不同——隨扈的基本守則。森崎不曉得到底會接到什麼樣的要求，抱持輕微的緊張感等待。鈴嫣然一笑之後這麼說：

「直接叫我鈴。要是下次再叫我『鈴小姐』，那就立刻說再見喔。」

「……所以鈴不是魔法師？」

「嗯，我不曉得駿為什麼這樣誤會……」

鈴露出困惑的笑容。相較於努力想卸下心防交談，語氣卻依然生硬的森崎，鈴已經毫不拘束以「駿」稱呼森崎，完全把他當朋友。

是年長者的從容嗎？

森崎如此心想，偷看鈴的臉。

他覺得鈴是美女。

一般來說，一個人的容貌在遠眺時會加成，不過以她的狀況，即使是近看也一樣——不，近看反而更有魅力。這應該是因為她表情豐富，完全不會露出相同的面容——森崎從貧乏的經驗得出這種答案。

「啊，不過，說不定是因為這個？」

鈴說著，從胸口拉出項鍊給森崎看。

釦子解開的上衣胸口，柔軟的隆起若隱若現。看到這一幕的森崎心跳加速，增加的血流理應也反應在臉色，但鈴一副完全沒發現的樣子。

「那是？」

「魔法道具。」

「啊？」

「魔法道具。戴在身上就不會受人注目。這是之前基於各種原因導致擄人案件橫行的時期製造，為了避免被壞人盯上的護身符……是真品喔。」

現代魔法是基於古式魔法的研究系統化而成。稱為魔法道具的物品之中，真的能發揮魔法效果的「真品」並不少，森崎知道這方面的知識。

然而，只能算是飾品的贗品，在市面流通的數量是真品的幾十倍，同時也是事實。森崎這種專攻現代魔法的年輕魔法師，對於「魔法道具」這種東西，總是抱持可疑的印象。

但現在，森崎沒有質疑鈴的這番話。

她的笑容趕走森崎心中提高警覺的猜忌想法。

浮現在森崎腦中的是另一個疑問。

「不是魔法師，卻帶著魔法道具？」

森崎以正經的表情詢問，鈴隨即露出有些慌張的表情。

「唔……嗯，這是朋友送我用來『趕走跟蹤狂』的東西。」

「跟蹤狂啊……妳以前也遇過這種事？」

「呃……嗯，算是吧。」

「難道剛才那些傢伙也……不，我說過不問這件事，抱歉。」

鈴看到森崎安分地不再過問，暗自鬆了口氣。

「……不過，這東西似乎對那些傢伙不管用。」

森崎的注意力已經轉移到剛才的襲擊者。

他正經八百的個性救了鈴。

「……對駿也不管用。魔法師果然比較特別？」

這個問題的角度，和森崎營造的對話方向不同。

如果是一如往常的他，應該會挺胸點頭回應這個問題。

他認為自己很特別。魔法師的身分令他引以為傲，而且他自負在同年代之中是特別優秀的魔法師。即使九校戰以事與願違的結果收場，但要是對方沒有卑鄙犯規，用不著找那個只會耍小手段的奇術師協助，應該也能得到那種程度的成績。

但是不知為何，現在的森崎無法點頭回應鈴這番話。

「……我覺得沒有差太多，畢竟魔法是人類的技能。鈴的魔法道具，是讓人們能使用魔法力量的物品。基於這個意義，和魔法師的術式沒有兩樣。」

「嗯……這麼說來也對。魔法師也和我們一樣是人類。」

鈴沒有察覺，這番話是把「魔法師」與「非魔法師」認知為不同人種才會說的意見。

幸好森崎也沒察覺這一點。

森崎堅持主張要避開人少的地方，最後他們決定在鈴等待的人主動連絡前，在車站前面的餐廳消磨時間。開口說話的都是鈴，森崎幾乎只有附和，但兩人都沒有感到無聊。

正如森崎的判斷，後來就沒有看到可疑人影。但他在偶然的機會感覺到，四周籠罩著某種從遠方窺視這裡的氣息。

此時鈴的表情忽然因為緊張而緊繃。她在以視線詢問的森崎面前取出情報終端裝置。看來是收到約見對象的電子郵件了。

不過，等待的對象傳來通知時，鈴不是放心而是緊張，這應該怎麼解釋才對？森崎對此感到相當地納悶。

難道說，約見的對象正是鈴的「敵人」嗎？森崎很希望鈴至少能在這方面對他進行說明——或該說是坦白。

「彩虹大橋正下方。」

鈴維持僵硬的表情這麼說。

「會派船到那裡接我。」

「……走吧。」

對方所說的彩虹大橋正下方，應該是橋墩旁邊設置的廣場。那裡從非假日就是遊客絡繹不絕的地方。森崎催促鈴起身，並且朝桌面終端裝置伸出手。

然而鈴以些微差距，先把卡片放在終端裝置上頭了。

「明明是高中生，居然想幫年長女性買單，你也太．囂．張．囉。」

鈴以食指戳森崎額頭，使他臉頰泛紅。

鈴原本緊繃的臉，浮現從容的笑容。

走大馬路過去較快，但森崎刻意選擇蜿蜒的公園步道。他認為剛才那種讓行人與車輛無法接近的術式，若是在人們大多駐足的公園裡，效果應該比人們大多在行走的大馬路來得差。

並沒有意識到想延長和鈴共度的時間。

至少表面上的意識沒有這麼想。

森崎也請她把那條項鍊收進包包。依現況，分散他人注意力的術式會造成反效果。

這在邏輯上是正確的思考。然而——很遺憾，也招致出乎預料的麻煩事。

現在，森崎與鈴面前有一道人牆。

所有人都是和鈴年紀相近的少年。

人牆緊密得像是連職業足球選手的自由球也擋得下來。

不過很可惜，包括服裝或長相等各種層面，距離運動員的爽朗氣息還差得遠。說穿了，他們看來不務正業。

即使有細部差異，大致上都是類似的打扮。裸身穿上亮皮背心，在雙手手腕與手肘上下套著金屬環，是場中最多人使用的外型搭配。

令人聯想到蜥蜴鱗片的背心，表面材質是大約三年前引發「小眾」流行的類金屬皮層。和以往的防彈防刃纖維相比，這種合成樹脂誇稱在防護與吸震功能有著飛躍性的提升。但因為透氣度太差，別說是在夏季戶外，即使在冬季開暖氣的室內也會令人汗流浹背，是一種缺陷品。將前方拉鍊完全打開的少年占多數，看來即使是無袖背心依然會熱。而且這樣當然完全無法抵抗來自正面的突刺或槍擊，換句話說只是華而不實的時尚造型。

手腕上的金屬套環，是運用ＥＭＳ——肌肉電流刺激裝置的肌力增幅器。使用ＥＭＳ的訓練機器，是從一九六〇年代就存在的早期科技，不過在現代，已經以回饋電流刺激肌電流的方式，成功提升肌肉收縮速度。這種套環原本是用來復健的醫療器材，卻因為能夠輕鬆強化拳頭威力，在不成材的街頭格鬥家之間相當盛行。

其中有好幾名少年戴著貼合雙眼的ＡＲ護目鏡。固定護目鏡的金屬帶貼滿影像感應裝置，看來應該加裝了光學偵搜程式。這種應用程式會在物體接近到指定距離之內時，以附帶箭頭的訊息通知，但不是外行人能用得順手的東西。所以應該也是當成時尚造型。

這種重視外型的武鬥派（？）風格，是自稱「戰士聯盟」的無賴少年集團的特徵。

在停下腳步的兩人面前，這群少年就只是不停奸笑著。

不發一語。

森崎摟著鈴的肩膀，要沿著原路往回走。

好幾個人吹起下流的口哨。

人牆以出乎預料有條不紊的動作，化為包圍兩人的圓形柵欄。

「——我們有急事，請讓我們過去。」

「哎呀，別講這種話，和我們一起玩吧。」

「是啊是啊，比起那個小少爺，我們知道更多好玩的事喔。」

鈴試圖和平解決，但少年們隨著礙耳的肉麻聲音，將圍困兩人的圈子縮小。

「我們真的有急事——」

「沒有用，這些傢伙打從一開始就不想聽我們說話。」

森崎制止了依然試著說服的鈴。

「喔～喔～真敢說啊。」

「但我們確實不想聊天就是了。」

周圍響起低俗的笑聲。

「小少爺，這樣就能長話短說囉。」

「幫她帶路的工作就交給我們，你可以走了。應該說快滾！」

大概是這個集團的領袖吧，剛才位於人牆後方——如今位於兩人正前方——的少年，語氣一下子從和善改為恐嚇。他比森崎高一個頭，身上的T恤像是從肩頭扯斷了袖子，而袖口展現出來的雙臂上，粗壯的肌肉緩緩起伏。從手背延伸到手肘與肩膀的幾何學銀色圖樣，和肌力增幅器一樣是用來增加肌肉收縮速度的東西（不過效果令人質疑）。結實的腰與粗壯的大腿，很明顯不是外行人的體格。

森崎面對他形容為兇惡也不為過的眼神，浮現淺淺的嘲笑。

「有什麼好笑的……」

「沒事，恕我失禮。」

少年壓低音調更加咄咄逼人。森崎則是依然掛著嘲笑表情，只有遣詞用字變得客氣。

「如果是澀谷或池袋就算了，沒想到會在有明遇到各位這種瀕臨絕種的生物。」

「……你這傢伙真風趣啊。」

「虛張聲勢一輪之後，應該滿意了吧？我們真的有急事，可以讓路嗎？」

「……看來你想吃點苦頭。」

少年將重心移到趾尖，森崎見狀也稍微將右肩往後收。前開的背心微微晃動。

「崇哥，這傢伙是魔法師！」

大概是這個動作，使得從隱藏槍套探頭的ＣＡＤ握柄見光了吧。森崎右手邊的少年大聲地發出了警告。

圍著兩人的少年們稍微後退。除了一個例外，他們全都膽怯了起來。

「怕什麼怕！」

唯一的例外——叫作「崇」的領袖少年激勵同伴。

「我知道喔，魔法師。」

他扭曲嘴角，裝模作樣地俯視森崎。看他不像虛張聲勢，或許可以稱讚一聲了不起。

「你們的魔法被當成和手槍同級吧？對赤手空拳的人使用魔法，會被抓去關吧？」

森崎默默回看少年。

少年盛氣凌人地繼續說下去。

「不能使用魔法的魔法師，充其量只是個木頭人罷了。這種破綻百出的虛張聲勢會管用？呀哈哈哈！」

少年發出愚蠢的笑聲，森崎以殘酷無情的笑容仰望他。

「瀨臨絕種的傢伙，要試試看嗎？」

「……你說什麼？」

「我是說，你要不要試試看我們魔法師，是不是不使用魔法就只是個木頭人。這個虛有其表的傢伙。」

「哈……喂，你們別出手啊。」

自稱「戰士聯盟」的瀨臨絕種生物領導者，像是五官拼圖的扭曲臉孔恢復為普通表情（但還是很醜），舉拳開腳壓低重心，側身擺出架式。

森崎見狀也收起原本瞧不起對方的冷笑，讓背包從肩膀上滑落，雙手舉到臉前面微微握拳，輕輕原地跳步。

「木頭人，我就陪你玩玩吧。」

「虛有其表的傢伙，我奉陪。不過，你有種就碰她一根寒毛試試看。我會讓你們所有人後悔誕生在這個世界上。」

「明明是個小少爺，嘴巴講得真有……鬥志啊！」

這句話成為開戰宣告。

如同鞭子的上段踢襲擊森崎臉部。

將鈴保護在身後的森崎，不能後退閃躲。

他低頭從迴旋踢下方鑽過。

「崇」踢向上空的腳犀利往回拉，朝著森崎頭頂降下。

與其說是勾踢，更像是戰斧踢。

森崎朝著他的踢腿起身，驚險躲開這一踢。

對方的臉色變了。

腳著地的同時，他反手打出類似閃擊拳的一拳。

森崎以單手化解。

前踢、中段正拳、下段踢、中段踢、後掃腿、迴旋肘擊……迅速的連續招式，顯示這名少年絕對不是只會耍嘴皮子。招式並非有樣學樣而已。依照箇中跡象，他恐怕接受過全套空手道系統的專門指導。

但他的招式悉數被森崎閃躲或化解。

「崇」顯露焦慮情緒。

他試圖一招決勝負，朝森崎下巴使出大動作的長距離勾拳。

森崎沒放過這個空檔。

向前踏步，以左刺拳打向「崇」的臉。

不，這拳的威力，是順擊的左直拳。

若是拳頭沒鍛鍊過，這拳的力道可能會傷到自己的手，但森崎絲毫不在意，朝著失守的對方施展洗鍊的右掌打。

「祟」搖搖晃晃，一屁股坐在地上。

身體比自己小一圈的少年兩招就打倒他，令他神情愕然。

年長的少年以「無法置信」的表情仰望，森崎朝他投以嘲笑。

「好慢，太慢了。這種速度就算在街頭打架管用，對我們實戰魔法師也不管用。」

對方少年大概聽不懂森崎這番宣告的意思。

完全依賴「魔法」這種作弊能力的魔法師，身體能力居然比接受格鬥技訓練的他還要好，這名少年無法把這種事當成現實接受。

系統魔法，四大系統八大種類之一——加速魔法。

這種魔法不只是能對目標物進行加速或減速，也可以用來加速自己。

使用自我加速魔法的魔法師，平常就體驗著知覺極限的速度。這是無法使用魔法的人不可能體驗的速度。

真要說的話，職業賽車手在賽道感受的速度，他們在學校、在學校外的練習場、在比賽與實戰隨時感受著。

業餘格鬥家「有點快」的招式，在他們加速的意識之中只是慢動作。

森崎撿起背包，牽起鈴的手。

他不想繼續應付這個拒絕接受現實的「瀕臨絕種生物」。

何況即使沒有浪費太多時間，也確實算是繞了遠路。

然而——森崎的手被鈴甩掉。

森崎愕然凝視的眼前，是鈴對己身行動感到驚訝的表情。

意識停擺，手腳凍結。

少年們看到森崎愣著不動，並不是朝他動手，而是朝鈴伸出手。

抓住她的手，將她整個人拉過去，以刀子抵住她的臉——他們應該是預定這麼做吧。然而這種狗急跳牆的行動，在他們將鈴拉過去的這個階段便受挫了。

早已植入潛意識的行動模式，超越冰凍的意識化為反射行為，驅動森崎的身體。

森崎以行雲流水的動作，從懷裡拔出CAD。

「槍口」瞄準的時候，CAD的待命模式已經解除。

森崎發動魔法，連零點幾秒的猶豫都沒有。

少年們腦部被撼動，接連癱倒在路面。

有人摔到脆弱部位而流血，但森崎的「反射動作」沒有停止。

森崎恢復意識時，站在現場的只有他自己與她。

還有另外一人。

剛才一屁股坐著到現在，免於被剝奪意識的少年。

少年大概是站不起來，就這麼坐著後退。

森崎以沒有情感——尚未完全恢復情感的眼神看向少年。

「可可……可惡的怪物！別過來！別過來啊！」

少年維持癱坐的姿勢，把手伸入口袋，摸到什麼就拿出來丟。

森崎看到未打開的折疊刀飛往完全無關的方向時，再度朝鈴伸出手。

鈴這次——回握了他的手。

兩人就這麼牽著手，默默跑到指定會面的搭船地點。

中途沒有遇到阻礙。成為公園的水邊廣場有許多情侶。他們朝著氣氛不尋常的兩人看一眼，就立刻漠不關心地移開目光。

鈴站在搭乘遊覽船的小小棧橋碼頭看向近海。兩人相繫的手自然而然分開。

「……駿。」

經過漫長沉默之後，鈴輕聲呼喚森崎。

「鈴，什麼事？」

鈴看著海面沒有回頭。

「魔法師……喜歡戰鬥嗎？」

鈴沒看著森崎的臉，沒讓森崎看見她的臉，如此詢問。

「鈴？」

「魔法師……喜歡爭鬥嗎？喜歡傷害對方嗎？喜歡危險的事情嗎？喜歡展現凡人所沒有的特殊能力嗎？」

鈴的聲音有些高八度，森崎感覺像是被她責備。

「……妳在生氣？」

「我沒生氣！只是火大！」

所以代表她在生氣吧？森崎在意識一隅如此思考，卻沒有平靜到足以如此吐槽。

轉向他的鈴，眼眶盈滿淚水。

「……並不會因為是魔法師就喜歡爭鬥。至少我不喜歡傷害別人。」

鈴的表情以及幾乎奪眶而出的淚水，令森崎感到強大壓力。

「那你為什麼要挑釁他？」

「因為那不是能溝通的對象！」

但森崎也有自己的主張。他不認為自己的行動有錯。或許不是最好的方法，但森崎自認應當有把那個場面處理得很好。

「既然這樣，逃走不就好了！用不著打倒所有人，只要用魔法逃走不就好了！如果不願意這麼做也可以求救。我不認為當時只能選擇戰鬥。」

「這……」

森崎說不出話來，他也十分明白鈴這番話有道理。

可是——

「或許當時確實可以逃走。但這樣的話，那些傢伙可能會找更多同伴過來。不曉得剛才那些人何時還會前來找碴。我們不應該背負無謂的風險，必須在能打垮敵人時就先動手。」

——即使如此，他也無法讓步。

「為什麼滿腦子只有爭鬥！為什麼不是朋友就是敵人！」

「魔法師不是超人！沒辦法像連續劇那樣，凡事都以理想的方法解決！」

這是教導森崎隨扈入行基礎，年齡最相近的叔叔對他的教誨。

魔法師不是超人。

魔法沒有讓凡事隨心所欲的力量。

所以，扣下扳機時不要猶豫。

要冷靜區別敵我。

森崎家的術士，森崎駿這個人，實力沒有強大到允許敵方先發攻擊也能保護護衛對象。沒有十師族那種壓倒性的實力——

「——我無法向敵人手下留情，我沒有那麼了不起。」

「駿……」

鈴看到森崎咬緊牙關、想不開的表情，眼神的激動情緒消失了。

她以恢復柔和的表情牽起森崎的手。

「鈴……」

森崎任憑鈴握著一隻手，沒有和她目光相對而逕自低語。

「妳也覺得……魔法師是怪物嗎？認為魔法師是使用超越人智力量的怪物嗎？認為魔法師就像是機械降神(Deus ex machina)一樣，可以如意實現任何願望嗎……？」

「駿……」

「魔法師……也是人。」

「駿……你害怕戰鬥？」

「……害怕。無論是槍械、小刀、拳頭、魔法……都一樣害怕。」

「那你為什麼要戰鬥？明明還是高中生，為什麼要從事隨扈這種危險工作？」

「因為……我擁有為此而生的力量……」

「駿，我不認為因為是魔法師，因為擁有魔法之力，就非得要做危險的事情。既然害怕，別做不就好了……？因為魔法師也是人吧？」

森崎的臉上明顯出現動搖神色。

一絲恐懼與一絲希望，交織在困惑之中。

鈴以守護般的笑容，注視這樣的森崎。

在情侶眾多的這個地方，兩人的行動並不特別顯眼。

但以結果來說，兩人過於專注交談了。

察覺異狀的是鈴。

「駿……是不是怪怪的？」

「鈴？」

「感覺從剛才就沒人看我們……」

如果這句話出自森崎的同學，他只會以「自我意識過剩」來解釋（除了少數例外）。但如果出自鈴這樣的美少女就另當別論。

「鈴，妳沒使用那條項鍊吧？」

「啊?嗯……所以怪怪的。明明沒使用那個,卻有種使用時的感覺……」

「鈴,抱歉。」

「呀啊!」

森崎忽然把鈴抱到懷裡。

同時迅速掃視四周。

即使做出(以他的主觀)如此大膽的舉動,也沒有任何人注意他們。看都不看一眼。

森崎放開了鈴,搜尋魔法氣息。

雖然無法確認,但似乎有一股含糊的氣息完全包覆著他們。

「什麼?怎麼回事?」

「安靜!」

森崎放下背包,從裡面取出寬手鐲戴在左手腕。

再從背包裡取出空槍套,掛在右腰口袋。

這是他放棄「低調不顯眼」的應戰態勢。

如同在等這個時機,各處紛紛出現全身漆黑、戴著墨鏡的男性,半包圍森崎與鈴。

簡直是MIB都市傳說成真的光景。

森崎緊咬牙關。

他明明早已知道對方會使用精神干涉系的術式才對。

（……晚點再後悔！）

森崎如此激勵自己。

一名黑衣男性走到兩人面前。

以墨鏡隱藏的視線不是投向鈴，而是森崎。

「……我們是情報管理局的人。」

男性隨著這句話取出一個黑皮卡套。

並且打開給森崎看。

裡面確實印著內閣府情報管理局標誌，是顏色與圖樣會隨著角度變化的特殊印刷。

森崎知道這種圖樣變化具備催眠效果，因此確認是真品就立刻移開目光。

男性嘴角微微浮現笑容，將證件收回懷裡。

「我們會負責護衛理查生小姐。接下來要執行公務，請迴避。」

森崎差點就點頭回應，卻察覺鈴在後方緊抓著他的背心。

「鈴，妳要跟他們走？」

鈴用力搖頭回應森崎的詢問。

森崎轉回視線，注視黑衣男性的眼睛——正確來說是墨鏡。

「恕我拒絕。」

他清楚告知。

「我說過這是公務……」

「是護衛任務吧？既然這樣，你們理當不能違反當事人意願強制執行才是。還是說各位有逮捕令？但『內情』應該沒有逮捕權就是了。」

黑衣男性露出像是「逼不得已」的笑容，轉頭看向旁邊。

這是暗號。

男性們的袖口露出槍口。

森崎以左手摟住鈴的腰，以右手操作手鐲並且躍向水面。

鈴放聲尖叫。

壓縮空氣的發射聲與短針撕裂空氣的聲音，被她的叫聲蓋過。

麻醉槍的針從縱身而躍的兩人上方穿過。

森崎在空中發動移動魔法。

在接近海面時停止落下，跳到旁邊的碼頭。

森崎在著地同時讓鈴蹲下，自己也放低身體，將手鐲切換為待命狀態。

下一瞬間，他從懷裡拔出手槍造型ＣＡＤ。

被包圍時，已確認敵方人數是八人。

其中有兩名魔法師。

從腦中抹除對方的身分。

充滿意識的只有一個念頭，就是保護自己身後的少女。

「逃走」這個選項沒有浮上心頭。

對戰鬥的恐懼已經消失。

也不害怕被畏懼的眼神注視。

為了保護而打倒敵人。

這是浮現在他意識裡的唯一選項。

森崎首先為了癱瘓魔法師的行動，接連扣了兩次扳機。

接著傳來一個低沉的呻吟聲。

確認戰果。一人倒地，一人擋下。

森崎看見敵方魔法師以手指操作ＣＡＤ。

看見麻醉槍的槍口指向這裡。

森崎以彷彿變魔術一般的速度，將手槍造型的ＣＡＤ收回腰間槍套，解除手鐲造型泛用Ｃ

ＡＤ的待命狀態。

感覺到對方的加速系魔法，開始對他的身體產生作用。

但森崎無視於這個魔法。

他呼叫的啟動式是領域作用型的移動系魔法。

森崎以「靜止」魔法接住壓縮空氣發射出來的針。

橫向加速魔法襲擊森崎的身體。

他雙腳離地，落向水面。

鈴探出上半身呼喚森崎。

黑衣人集團朝她蜂擁而至。

「槍身」探出水面。

森崎握著外型完全仿造手槍的ＣＡＤ的右手，比吸取氧氣的鼻子先行上浮，瞄準人在後方佇足的魔法師。

魔法發動。

「敵方」魔法師被森崎出其不意的魔法奪走意識。

接著，森崎再度將手握的特化型ＣＡＤ切換為待命模式，啟動泛用型ＣＡＤ的功能。沉入水中操作數字鍵，發動加速系魔法。

森崎以連海豚都自嘆不如，不，連海豚也做不到的跳躍，讓身體跳出水面。

手腕右上左下地交叉，以這個動作將特化型瞄準敵人，同時關閉泛用型的電源。森崎將想子注入特化型ＣＡＤ，在空中扣扳機六次。

森崎沒能完全消弭墜落的力道，導致一著地就在柏油路面滾動。

隨著他身體落地，黑衣男性們也接連倒下。

「駿，駿！你還好嗎？」

鈴跪在仰躺倒地的森崎旁邊，拚命地呼喚著他。

「我還好。」

森崎張開眼睛點頭。他維持這個姿勢暫時調整呼吸，然後坐起上半身。

「好痛！」

然而，他在起身途中單腳跪地。

「駿？」

「我沒事……只是稍微扭到腳。」

他這麼說的時候，額頭也冒出冷汗。

鈴環視四周求救。阻斷他人注意力的精神干涉魔法已經失效。許多觀光客以及約會中的情侶遠遠看著他們兩人。

就只是遠遠以不舒服的目光看著。

他們的視線集中在森崎的左手。

象徵現代魔法師的手鐲造型ＣＡＤ。

鈴知道眾人正竊竊私語。

沒有任何人接近。

森崎放棄起身，盤腿而坐。

「鈴，約見的船還沒來？」

「咦？啊……我想應該是那艘。」

「這樣啊……」

小型遊艇正朝這裡接近。是吃水不深的河海兩用快艇。

「對不起，都是因為我……」

森崎朝著垂下頭的鈴說了聲「沒關係」。

「不提這個，幸好鈴平安無事。能夠遵守承諾讓我鬆了口氣。」

聽起來不是逞強，是打從心底滿足的聲音。

「為什麼……？」

「為什麼呢……」

森崎以不成回答的回答，回應鈴不成詢問的詢問。

「或許正如鈴所說吧。」

不過，即使話語不足，森崎也大致明白鈴想問什麼。

「我們的魔法是為了戰爭所開發的道具……我們魔法師把這種東西組裝在內心，或許真的是喜歡戰鬥、是用來戰鬥的道具也說不定。」

森崎的獨白如同連自己都捨棄，聽到這番話的鈴雙眼浮現淚水。

「對不起，駿，對不起……」

淚水立刻奪眶而出，鈴低著頭哽咽反覆道歉。

「鈴？妳為什麼要道歉？妳為什麼要哭……？」

森崎困惑地詢問鈴流淚與道歉的理由，但內心毫不慌張，冷靜得連他自己都驚訝。

「對不起。我說得那麼過分，對不起……」

「鈴？」

森崎不知所措。

他不曉得該說什麼。

也不曉得該做什麼。

很遺憾，至今沒人教他這種時候該怎麼做。

「不要說自己是道具。駿剛才不顧危險地保護我。比起看到他人困擾只會在遠處袖手旁觀的那些人，駿更像人類。」

森崎將鈴斷斷續續哽咽訴說的話語，在腦中連結起來——

——使得他的內心充滿榮耀。

「我……好丟臉。我剛才也和那些人一樣，在內心某處覺得魔法師很噁心，是和自己不同的生物。所以……駿……對不起……」

「真的不用在意。」

森崎這番話中的堅定語氣，比起字面意義更激勵鈴，使她抬起頭。

「能幫到鈴我就很滿足了。今天對我來說，是非常有意義的一天。」

如同森崎完全不知道鈴的隱情，鈴也無從得知森崎內心的煩惱。

森崎在微微納悶的鈴面前，展露愉快的微笑。

「鈴，船到了。」

森崎這句話使得鈴轉過身去。

如他所說，小型遊艇已經靠岸。兩名西裝男性朝鈴深深鞠躬致意。

「鈴，請過去吧。我再這樣坐一下就沒事。」

「咦，可是……」

「請過去吧。他們可能會再度來襲。」

「……我知道了。駿，真的很謝謝你。」

沒有離別之吻。

要說完全不期待是騙人的，但是沒有這種如意的進展比較好。這段充實的「現實」將不會受損。森崎並非逞強，而是真的如此認為。

唯一的遺憾，就是他只能坐著目送。

鈴在船上揮手，森崎就這麼盤腿坐著揮手回應。

這樣實在不像樣，但是森崎認為，這樣或許也比較像自己的風格。

◇◇◇

「美鈴大人，您沒事真是太好了。」

「嗯，因為那名少年救了我。」

在離岸的遊艇上，鈴以判若兩人般的冰冷表情，對前來迎接的男性所說的另一個名字做出回應，並且點頭示意。

此時，一名滿頭銀髮的老紳士現身。

「美鈴大人……居然在這種時期獨自來到這個國家，請認清您的立場。」

「這是在指使我？」

「不，屬下不敢。」

老人朝鈴恭敬行禮。

老紳士的舉止無懈可擊，態度卻有些虛偽。

「不過，這個國家的政府似乎要和我們鬥爭到底。本次他們冒犯美鈴小姐，屬下認為需要進行相對的報復。」

「我不准。」

揚起視線觀察的老人如此建議，但是鈴斷然否決。

「沒錯，日本政府這次的做法極為粗暴又無禮。但我從那名少年那裡，得到足以彌補還有剩的濃厚情誼。既然你們要把完全不會使用魔法的我拱為你們的領導者，我就禁止你們對這個國家出手。如果你們不服，就讓我回到加州。」

「不，一切遵照美鈴大人的吩咐。」

◇　◇　◇

森崎沒有被內情逮捕。

他們應該也不是合法採取行動。昏迷的黑衣男性們在森崎面前被同事帶走。前來帶走同事的內情幹員，連看都不看他一眼。

鈴究竟是什麼人，又為何被政府機關盯上，沒人告訴森崎真相。

鈴的真正姓名是「孫美鈴」。是香港國際犯罪集團「無頭龍」首領「理查德．孫」的養女——首領最寵愛的情婦之女——也是倖存餘黨拱出來的新領導者，但森崎終究沒有機會得知。

The irregular at magic high school

Emilia in Wonderland

西元二〇九五年八月下旬，某個晴朗的夏日。

身穿許多口袋的軍用風格外套加上迷你裙，光澤如同紅寶石般鮮豔的頭髮任憑微風吹拂的少女，在遊樂園入口等待朋友抵達。

她的姓名是明智英美。另一個名字是艾米莉雅．格爾迪。

是國立魔法大學附設第一高中的一年級學生。

暑假所剩不多，她預定今天要和平常不同社團所以沒什麼機會一起出遊的同學，在這座遊樂園痛快玩一整天。

（是不是有點太早到了呢……）

距離會合時間還有三十分鐘。如果是和異性約會就算了，只是和同性朋友遊玩，這時間或許確實太早了。她平常相約並不會這麼早來（她還沒有和異性交往的經驗，所以假設對方是異性的狀況也毫無意義）。

她之所以這麼早來，是因為今天早上忽然打來的國際電話。

拉線到房間裡的視訊電話響起，將英美拖出夢鄉。

數位時鐘顯示早上五點。

心想真是擾人清夢的她看向訊息視窗，來電的是英國的外婆。她外婆是英格蘭現代魔法名門——格爾迪家現任當家的姨母，在格爾迪家的權威僅次於當家，位居第二把交椅。

英美瞬間清醒。

就算不是如此，英美的父母都是不到既定起床時間，即使卡車撞進家裡也不會醒來的豪傑。所以清晨的電話或訪客，都由不使用安眠導入機的她來應付，這是明智家的不成文規定。

「……外婆，好久沒連絡了。」

英美沒有道早安。

「我還沒整理服裝儀容，恕我只以聲音和您交談。」

『艾米莉雅，早安。』

英美聽到這聲問候，心想外婆姑且也認知到時差問題。

在夏令時間的這個季節，日本和英國時差八小時。那邊現在是晚間九點。外婆應該也是考量到時差，所以等到這個時間才打電話過來……不過老實說，英美希望外婆能多等一小時。

『那邊天氣似乎很熱，有沒有弄壞身體？畢竟妳身體不算是很健康。』

既然知道我身體不夠好，就請讓我多睡一下——英美懇切地這麼想。

但她當然不能說出口。

「外婆，請放心。這幾天的熱浪稍微緩和了。」

這並非客套話，也不是避免老年人擔心的安慰話語。實際上，上個星期的酷暑很誇張，但這星期好很多了。

夏天大概也差不多要結束了吧。

『是嗎？艾米莉雅，不可以勉強自己喔。』

「好的，謝謝外婆關心。」

英美繼續遵照禮儀回應，內心卻感到納悶。外婆打電話來到底有什麼事？

『其實我也為了避暑，決定從下週開始到瑞士的山莊等待秋天來臨。艾米莉雅，希望妳也到山莊這裡來。』

「……要我去瑞士？」

外婆開口的時機，就像是看透英美內心的疑惑，使得英美好不容易才回應這句話。

『是的，艾米莉雅。我久違地想和妳好好聊一聊。』

「我也非常希望外婆教導我各方面的事情，可是……」

但這是不可能的事情。再一個多星期，第二學期就要開始。

英美想以此解釋並且鄭重回絕，但外婆也沒有這麼輕易認同。

『如果是關於學校的事情，瑞士也有優秀的魔法學院。當成留學半年左右就行吧？妳那邊的學校由我來說。』

外婆甚至提到魔法大學校長和她是老朋友，使得英美慌了。

確實，外婆即使和日本魔法界的頂尖階級有交情，也不是值得訝異的事。

在嚴格管制魔法師長期出國的現代，魔法科高中生難以實現出國留學的夢想——至少英美沒聽過——但如果是外婆，或許可以強行通關。

這樣下去，她將會無視於己身意願，被迫出國留學。

英美訴之以理動之以情，好不容易贏得外婆讓步，暫時保留這個計畫。但是掛斷電話之後，與其說是鬆一口氣，英美更有種不可思議……不，應該是事有蹊蹺的感覺。

英美是住在外國的外孫女，至今幾乎沒受到外婆的干涉。去英格蘭玩的時候，外婆講究禮法但很疼她，除此之外完全不過問她的生活——至今都是如此。

難道有什麼原因，使得外婆臨時要接她過去共同居住？

但英美完全想不到任何原因，內心反覆思索到沒辦法睡回籠覺，結果她閒到發慌，比預定時間提早出門了。

◇　◇　◇

「艾咪！」

聽到有人呼喚，英美轉頭一看，贊助本日行程的少女對她揮手。

「櫻！」

英美揮手回應，少女隨即快步趕來。

身穿哥德蘿莉風格（只是「風格」）連身裙的少女，叫作櫻小路紅葉。

她的名字「紅葉」的唸法，不是楓葉的「momiji」，是「akaha」。

兩人以同學身分邂逅的那天，發生了這樣的事情：

英美：「妳的名字要怎麼寫？」

紅葉：「紅色的葉子，寫作『紅葉』唸作『akaha』。」

英美：「哇～櫻花和紅葉在一起耶。感覺這個名字好華美。」

紅葉：「不過兩種都註定虛幻地凋零就是了。」

英美：「啊哈，恬靜寂寥之美。」

紅葉：「妳看起來似乎和恬靜寂寥無緣，非常繽紛又華麗。」

兩人進行這段對話之後，相互發出裝傻的笑聲，並且因而成為好友。所謂的緣分真是相當奇妙的東西。

「櫻，妳和昴一起來？」

「嘿嘿嘿……」

英美的詢問沒有深刻的意圖，但紅葉露出喜形於色的笑容。

咦，難道她有那種癖好？英美在內心的評分表加上這條註解，紅葉當然不知情。

不過英美看到她身旁的同行者，就重新認為「或許能稍微理解」。

對方乍看之下，是身穿夏季西裝的英俊少年。只有下緣鏡框的無度數眼鏡，更加凸顯出如同少年般的印象。

事實上，她卻是中性氣息的同年級少女。

英美和里美昴因為共同參加九校戰而熟識，是比較新結交的朋友。但現在已是能讓「昴，為了避免被搭訕，陪我一起去吧？」「大小姐，我很樂意陪同」這種交涉成立，彼此毫無隔閡的好交情——而且在進行這段對話時，兩人一定會配上暗藏玄機而不是輕鬆愉快的笑容。

「艾咪，怎麼了？」

英美開始對紅葉的癖好胡思亂想，昴因而疑惑地看著她的臉。容貌端正的（只有外表像是）英俊少年近距離注視自己，使得英美有點心跳加速，但她堅持不讓想法展露於言表，冷漠地搖頭說聲「沒事」。

「是嗎？」

英美被昴的咧嘴笑容壞了心情，很想用力踩她一腳。但是做出這種舉動，可能會被捲入更加丟臉的狀況，所以英美全力裝作沒發現。

「太好了，既然這樣就進去吧。」

客觀來看，英美「裝作沒發現」的樣子沒有演得很好，但昴如此說完就轉過身去。熟知何時該退讓，也是她的魅力之一。不過「魅力」兩個字前面還要加上一句「對女生而言」。昴本人肯定也不願意如此。

英美難免質疑「太好了」與「既然這樣」是什麼意思，但她對於「不要拖拖拉拉浪費時間」的方針沒有異議。

「也對，好久沒來遊樂園了。」

英美愉快地這麼說。

「主題樂園。」

但紅葉不知為何，以不高興的聲音打斷。

「啊？」

「主題樂園。『仙境樂園』不是遊樂園，是主題樂園。」

不愧是足以得到招待券的熟客，紅葉對於這座遊樂園……不，對這座主題樂園似乎有著不少個人的堅持。

「抱歉抱歉，嗯，『仙境樂園』是主題樂園！」

老實說，英美覺得無論是遊樂園還是主題樂園怎樣都好，但是正因為這種事不重要，所以完全不需要為此造成摩擦。英美立刻將「遊樂園」改口為「主題樂園」。只是語氣與態度難免會變得有點隨便，這種輕浮的感覺似乎令紅葉不太高興。她就這麼冷冷地半瞇眼看著英美，不過英美與昴已經並肩走向入口，因此她連忙追上她們。

如此嬉鬧的三人不用排隊，是從貴賓入口進入「不可思議的仙境」而迷失其中。

◇◇◇

「仙境樂園」是以魔法為主題的遊樂園。

不曉得是否因為如此，整座樂園內部的圍籬或遊樂設施，設置得如同一座迷宮。而且各遊樂設施也是某種機關房。遊客一旦進場，即使不玩所有遊樂設施也很難走出去。基於這樣的園區構造，使得遊客的「進場」或「入園」更適合形容為「迷失其中」。

如今，一名少女真的在這裡迷路了。

「真是的！Local Positioning System（LPS）就算了，連ＧＰＳ都不能用是怎樣！」

玩完三種遊樂設施時，英美不知為何和兩人失散，如今正朝著行動終端裝置抱怨。

『那也是這裡的賣點，所以沒辦法吧？』

她發洩情緒的對象是昴。

「就算這樣，連座標訊號都妨礙，這樣太過火了啦！」

『別氣別氣。所以附近有導覽板嗎？』

非常清楚如何應付女孩的昴，始終採取溫和的對應（但她自己也是女孩），英美似乎也因此稍微收起煩躁情緒。

「我從剛才就在找……但是別說導覽板，我連引導員都沒看到。」

『這樣啊……？總之逼不得已的話，妳就打一發煙火，我再用魔法去接妳。』

昴擅長的魔法是「跳躍」，加上「認知阻礙」的先天技能（平常花俏顯眼的舉止，似乎是「任何人都察覺不到」這項技能的反作用力）。

雖說擁有認知阻礙技能，也沒有達到第一高中輔導老師——真實身分是公安兼職搜查官的小

野遙等級。但如果要趁遊客們專注遊玩時不動聲色進行空中漫步，對她來說易如反掌。

另一方面，英美個人擅長的魔法，是在移動系之中被稱為「砲擊魔法」（但始終只是通稱），在短時間高速移動大質量物體的魔法。在九校戰的「冰柱攻防」中，她把己方陣地冰柱當成保齡球扔向敵方陣地，一鼓作氣撞倒敵方冰柱，展現出這種強橫的技術。要把沉重砲彈改成大量空氣壓縮塊，打向上空發出煙火程度的爆炸聲，對英美來說並非難事。

『昴，不可以這樣。基於這種理由使用魔法會接受管訓。』

然而，以自用終端裝置介入通訊的紅葉，駁回昴的這項提議。法律嚴格限制魔法的使用條件。如果只因為朋友迷路這點小事就使用魔法，確實無法免於得和警察打交道的狀況吧。

『……沒辦法了。艾咪，妳看得到「賢者之塔」嗎？』

「賢者之塔」是仙境樂園的象徵性遊樂設施，也是最高的建築物。

「嗯……勉強看得到。」

英美轉頭張望四周，在圍籬後方看見模仿白色石砌材質的塔頂。

『那我們就在那裡碰頭吧。』

「嗯，我知道了。」

結束通話之後，英美把「賢者之塔」當成殺父仇人——這麼形容有點誇大，但至少像是當成

愛犬的仇人，以險惡的眼神狠瞪著。

◇◇◇

昂注視著通話燈號熄滅的行動終端裝置語音通訊元件，思索著某件事。

「昂，怎麼了？」

這副模樣當然會令同行者起疑。紅葉以好奇與擔心各半的語氣詢問，於是昂露出了有點靦腆的笑容說道：

「唔，沒事……我只是在想，艾咪為什麼會和我們走散。」

「因為她太好動吧？」

「慢著，這……」

紅葉毫不考慮回以毫不委婉的意見，使得昂支吾其詞。

「只是一下子就算了，但她卻一直到我們無法掌握彼此所在位置之前都沒有察覺，我覺得狀況不太對勁。」

「唔～……艾咪是路痴嗎？」

「……那個，櫻。我現在非常好奇妳們兩人對彼此的看法……」

昴搖頭趕走嘆息的念頭，語氣稍微變得正經。

「不提這個，艾咪不是路痴。她加入的社團是狩獵社，而且才一年級就被認定很有實力。如果是室內射擊競賽就算了，路痴不可能有辦法上山獵捕鳥類或動物。」

昴的指摘，使紅葉總算想到「英美或許只是迷路」的可能性。

「何況仙境樂園是兒童也會來玩的遊樂場所。再怎麼打造成像是迷宮，要是完全沒有線索查出同行朋友在哪裡，而且迷路的人連導覽板或引導員都找不到，這樣太奇怪了。」

「……這麼說也是。畢竟這裡的賣點之一，就是在這方面的輔助也萬無一失。」

兩人以嚴肅表情相視，在昴「總之出發吧」的提議之下，前往「賢者之塔」。

不同於背負沉重質疑依然逐漸接近會合地點的朋友們，英美遲遲無法接近目的地，再度因為煩躁情緒不斷累積，變得無法思考其他事情。

目前依然看得到塔頂，所以並不會分不清方向。但只要一旦想朝那裡走，總是會碰到死路而被迫繞路走。

昴評定英美「不是路痴」，但這種說法過於保守許多。

應該說她「方向感敏銳」才正確。

英美的方向感與地形掌握能力，讓她知道自己從剛才就只是在相同區域打轉。看得見卻無法接近，明知現狀卻走不出去，使得煩躁情緒增幅好幾倍。

而後，如今荊棘之牆又擋住了英美的去路。她已經氣得不想去計算走到死路的次數。英美的忍耐力存量見底了。

由多刺玫瑰形成的荊棘圍籬，即使是男性也很難鑽越，女生更不可能強行突破。

但英美不是普通女生。

（看我炸掉這面牆……！）

氣壞的英美將手伸進迷你裙口袋，正確來說是從裙子看似口袋的洞，將手伸向綁在大腿的皮套，抽出輕薄細長的手機造型CAD。

她主要使用的霰彈槍造型CAD，畢竟不是能帶上街到處晃的東西。但即使是這個備用的CAD，用來除掉固定障礙物也綽綽有餘。大多以單手操作的手機造型CAD，英美是以雙手操作展開啟動式。

「等一下！明智同學，妳當真？」

然而，一個聲音像是抓準時機般從背後傳來。英美像是從頭頂被潑了一桶冰水般受到驚嚇，正在構築的魔法式中途消散。

擅自使用魔法的現行犯。

正確來說是未遂犯，但是都已經達到這個階段，英美的意圖對魔法師來說顯而易見。不過問就了事的可能性很低。而且對方知道她的身分，更加不妙。英美以陷入絕境的意識如此思考——她就是如此走投無路，甚至沒想到既然是認識的人，央求一下或許能讓對方當作沒看到。

英美戰戰兢兢轉身，完全出乎預料的身影，令她愣得僵在原地。

對她說話的，是一名矮個子小丑（矮個子是以男性而言，還是比英美高）。

馬戲團大多由小丑表演戲法串場，因此以魔法為主題的「仙境樂園」，有工作人員打扮成小丑確實不奇怪。

但這名小丑的衣服並不是寬鬆小丑服。上衣的右半身是黑色、左半身是白色，右袖是黑白相間的不規則橫條紋，左袖是黑白相間的細直條紋。長褲是右邊黑、左邊白。西裝背心前部是右白左黑，背部是右黑左白。造型非常奇特。

右手戴白手套，左手戴黑手套。頭上不是沒帽緣的小丑帽，是寬邊的直條紋直筒禮帽（而且同樣是黑白配色）。

禮帽下方是以黑白兩色描繪虛假表情的臉。不，這真的是假臉——是面具。

右半邊是白底黑圖的哭臉，左半邊是黑底白圖的笑臉。

這種詭異的氣息，與其說是小丑，更像是——

「——魅影？」

這讓英美想到另一個知名的劇中角色。

「啊？明智同學，妳在說什麼？」

以耳熟聲音說出的平易近人的話語，使得英美很快取回現實感。

「……你是十三束同學？」

「沒錯，我是十三束同學。」

小丑取下面具之後，是一張熟悉的臉。

國立魔法大學附設第一高中一年B班——十三束鋼。

是英美的同班同學。

「你怎麼穿成這樣？」

「我在打工。」

英美驚訝地詢問，鋼則是慢慢戴回面具回答。

「打工？為什麼？」

第一高中並沒有禁止學生打工。

英美所問的「為什麼？」意思是：「為什麼你在做『遊樂園工作人員』這種普通的學生才會選擇的打工？」

十三束鋼是魔法科高中學生，並且還是第一高中的一科生。

而且實技與理論分別都是全年級第五，是總和成績全年級第四的優等生。

他擅長的魔法不適合用在比賽採用的競賽項目，所以沒能獲選為今年的九校戰成員，但在交織魔法戰鬥的空手格鬥「中式魔法武術」領域，他即使個子較矮而且才一年級，卻傳說是校內首屈一指的實力派。英美無法判斷「在第一高中首屈一指」就世間看來是否了不起，但他肯定是優秀的魔法師（種子）。

即使是「種子」或「幼苗」，擁有優秀魔法技能的人，不會煩惱短期打工的問題。對魔法師來說，擁有魔法技能的人方能勝任的職缺隨時都有，而且待遇大致上比普通工作好。

在這座遊樂園擔任定點工作人員的時薪是多少，不在英美能想像的範圍，但是不可能比其他工作支付魔法師的報酬高——英美如此認為。

「這裡和我家有關。」

「……噢，原來如此。」

但她聽到理由就接受了。

百家——十三束。

一族實力在百家之中亦屈指可數，而且在國內魔法師之中，也是屈指可數的資產家。表示這座遊樂園的經營公司，或是母公司的大型建設公司，有接受十三束家的投資吧。

找他在這裡打工擔任園區工作人員，應該是包含為了處理魔法相關的狀況。

——既然這樣，英美就有話要對鋼說。

「十三束同學，我說啊，這再怎麼樣也太過火了吧？」

「……什麼事？」

英美忽然指著圍籬不悅地開口抱怨，鋼一副驚訝的樣子往後仰。他的表情被面具遮住，但應該正在微微抽搐。

「就是這條圍籬的機關啊！我不懂什麼是『不可思議空間的呈現』，可是移動障礙物不准別人通行，這樣太過分了吧？多虧這個設計，我從剛才就一直在相同地方打轉！」

然而鋼聽到英美的說法，精神狀態就重設為白紙。

鋼無法理解她這番話。

「等一下，明智同學。仙境樂園沒有這種機關啊。」

「咦？」

只覺得會聽到藉口的英美，聽到鋼的回應不禁呆呆張開嘴。

「這是當然的吧？這裡的設計概念，始終只有『類似迷宮的呈現』，不是真正的迷宮。要是害得遊客感到挫折，在演出層面反而是負面效果。到頭來，遊客沒辦法往前走，會導致遊樂設施的使用率降低，營收就會減少。」

「咦……可是……」

「何況這裡在進行擴建工程，原本應該是遊客進不來的區域才對。白天連相關人員都幾乎不會來。妳到底從哪裡迷路來到這裡的呢？」

英美聽到出乎意料的事情而差點慌亂，但還是勉強動起手與嘴巴。

「問我從哪裡……就是那裡啊。」

英美指著剛才她想炸掉的荊棘圍籬。

「啊？」

「我說，我就是從那裡進來的！直到剛才都沒有那道圍籬！」

「……真的？」

「我很認真。別看我這樣，我對地理的掌握能力很有自信。」

鋼看到英美一副認真的表情，面具底下的目光忽然變得銳利。他筆直地注視圍籬，喉頭發出「呼……」的聲音。

這是以多刺的野玫瑰製作的移動圍籬。就鋼所知，這種地方沒有移動障礙物的機關。即使只是鋼聽取說明時聽漏，但這個區域還沒供電，如果是「機械物體」便不可能移動。慎重起見，鋼取出情報終端裝置，確認增建設施的測試狀況——這個區域果然沒有正在運作的設備。

換句話說，這條圍籬是不可能位於這裡，「不能位於這裡」的東西。

「……明智同學，我准許妳繼續剛才的動作。」

「什麼？」

過於唐突的指示……應該說命令語氣，使得英美做出理所當然的反應。

「無妨，妳就炸掉吧……仙境樂園的圍籬，是為了用在這種地方而改良的無棘刺品種。這樣遊客即使不小心撞上也不會受傷。而且就我所知，這裡應該沒有圍籬。」

「這樣啊～」

英美理解到鋼的意思，重新展開剛才沒發動的魔法啟動式。

「那我就不客氣了……十三束同學要負責喔！」

英美的魔法，隨著這句推託責任的宣言而發動。

移動系魔法「散裂彈」。

這是以「著彈點」為中心，讓有效範圍內的物體以球狀軌跡，進行等距離高速移動的魔法。如果是瓦礫或堆疊拒馬這種以多數物體集合而成的障礙物，就可以用這個魔法炸散。但是對於牆壁或岩石這種單一構造物體沒有效果。

不過，英美將每片玫瑰葉子視為不同物件，並且將有效範圍設定得較廣，讓「散裂彈」在圍籬正中央造成爆炸。被撕裂的葉子拉開藤蔓，使得圍籬中央出現一個大洞。

英美滿意地點頭，準備穿過自己開出的洞。

「等一下。」

但她的腳步被同學的聲音攔住。

「什麼事？」

總算能脫離死路迷宮而開心的英美碰了釘子，以不悅的聲音回問。

「果然……」

然而，從鋼的表情看來，他沒有察覺英美的壞心情（雖然這麼說，但面具遮住表情看不見），頻頻注視著開洞的荊棘牆。

「什麼？怎．麼．回．事？」

英美刻意稍稍壓低了音調，同時提高音量。鋼這次似乎終於察覺她雷電交加的烏雲氣息，以較快的說話速度回應。

「明智同學，妳看。這條圍籬沒有生根，也沒有支撐藤蔓的格柵。」

「這麼說來……」

好幾次（短期）滯留於大不列顛的英美，很熟悉這種荊棘圍籬。玫瑰這種半蔓性植物沒有支柱就長不高，不可能形成這種超越兩公尺高的圍籬。

「對，明智同學。這面牆壁是以魔法支撐的！」

鋼迅速將右手插入英美炸開的洞。

下一瞬間，剛才應被推開飛散的藤蔓，咬上了鋼的右手。

速度真的是比起「包覆」更適合以「咬上」來形容。藤蔓上滿滿的棘刺化為利牙，即將刺穿黑白衣袖，插入鋼的右手——本應如此。

「天真！」

然而遭到咬碎的，是驅動藤蔓的魔法。

鋼的右手放射狀釋放衝擊波，組成障壁的薔薇四散飛落。

「……剛才那是什麼？」

就英美看來，鋼只是釋放想子波。

但想子不會直接干涉物質。

想子波應該不可能震飛實體物質才對。

「哪有什麼，只是單純的加速魔法啊。藉由接觸讓想子波滲透，震飛支撐牆面的靜止魔法，再發動速裂彈。」

「速裂彈」是讓有效範圍內的物體，從著彈點以相同加速度遠離的術式。是將「散裂彈」的移動系置換為加速系的孿生魔法。

換句話說，鋼是在荊棘接觸自己手臂的瞬間，便以無系統魔法破壞支撐牆面的靜止魔法，在棘刺穿破上衣之前，賦予反向加速度藉以掙脫的樣子。

「術式解體……？」

英美懷抱著驚愕與畏懼低語。以想子波壓力硬是解除術式的無系統魔法，是名為「術式解體」的頂級對抗魔法，應該幾乎沒有魔法師會用才對。

但是鋼面有難色地（不過同樣被面具遮住）搖了搖頭。

「不，很遺憾……要是沒有以身體接觸，我無法注入足夠的想子波。」

英美此時回想起鋼的別名。

他的別名是「Range Zero」。英美聽說「射程距離零」這個別名，雖然是揶揄他不擅長遠距離魔法，卻也是尊敬他在零距離的實力無人能敵。英美聽到這件事時，還納悶他明明沒有顯眼的實績，為何除了家系的專屬名稱還擁有另一個別名。如今看到這一幕就確實能認同。

只要被他碰到一根手指，護身的對抗魔法就會遭到解除，在毫無防備的狀態承受攻擊魔法。不，人體光是被注入高密度的想子波，生體波動就會被擾亂而站不穩吧。

「……總之，先別提我的魔法……」

鋼大概是將英美的沉默誤解為別的意思，以一副尷尬的模樣（但表情因為面具……慢著，應該用不著反覆贅述了）轉身背對，以戴著面具而更加不清楚的聲音低語。

「客人來了。他們的目標是明智同學吧？」

不曉得是剛好預定如此，還是認為偽造障壁被破解是最佳時機，一群身著黑衣墨鏡黑帽的男性現身圍著兩人。

「ＭＩＢ？」

「園區沒採用這套扮裝就是了。」

英美充滿無奈的聲音及鋼悠閒的語氣，都和現場逐漸高漲的緊繃感不太搭襯。

或許是想藉此削減黑衣人的氣勢吧。

不過若是如此，他們的嘗試是以失敗收場。

黑衣人微微縮小包圍網。

鋼身披的氣息，不再有戲謔的成分。

英美不知為何，將手上的ＣＡＤ收回裙子內側。

鋼對此有種異樣感，將手放在面具上。他不是取下面具，而是用力壓在臉上。

英美立刻明白他這麼做的理由。遭受按壓的面具增加凹凸和臉部貼合，眼睛的洞擴大，變成確保視界的形狀。

「請問各位有什麼事？」

鋼客氣地詢問。大概是姑且考量到自己身為工作人員，並可能誤會對方的關係。

但他完全不期待回應。

恐怖電影煽動恐懼心的鐵則，就是不說話。

實戰亦是如此。

己方人員到齊、隱藏真實身分、封鎖退路、以沉默施加壓力、在對方身心俱疲時進行交涉。黑衣人們直到封鎖退路的階段都忠實地遵照這套守則。

「Miss Goldie。」

然而不同於鋼的預料，一名黑衣人客氣地開口。

不是使用「Ms.」，而是使用「Miss」這個復古的敬稱。

「我們不打算危害您。」

這名男性是以英文搭話，但不只是英美，鋼的英文會話能力也不成問題。

「只是想請您轉讓一份東西給我們。當然，我們不會單方面地要求。我們會準備您今後最需要的東西作為代價。」

「我聽不懂您這番話的意思。」

英美以「艾米莉雅」身分所說的英文，比「英美」身分所說的日文來得繁文縟節。可能是因為這樣，聽起來高雅得判若兩人。她即使是旁系，依然是名門格爾迪家的一員，這樣的語氣或許很適合她的身分。

「恕我失禮。那就別再說得拐彎抹角吧。」

這名男性依然客氣，但圍繞英美與鋼的黑衣人包圍網微微變小，對兩人施加壓力。

「Miss Goldie，請傳授『魔彈塔斯蘭（Tathlum）』的術式給我們。我們提供的代價，就是協助阻擋今後意圖對您不利的刺客。」

鋼原本以為黑衣人的目的頂多是綁架，企圖從中得利。

但話題的格局誇張到超乎預料，使得他錯失插嘴或出手的時機。

英美回應黑衣人的語氣有些僵硬，卻沒有顫抖。

「那個魔法是格爾迪家的祕術，只會傳授給被認定是本家的人。我遠離本家以日本人的身分生活，您認為這樣的我學得到『魔彈塔斯蘭』嗎？」

是的，在英格蘭現代魔法的權威領域占有一席之地的格爾迪家，原本是傳承古式魔法的家族，「魔彈塔斯蘭」是他們在現代魔法崛起的同時習得，號稱王牌的術式。內容是將古式魔法改編為現代魔法而成。但是除了「會使用實體子彈」外，沒有其他情報。

至少鋼——十三束家查不到更詳細的情報。

「我們不是認為，是已經得知。」

不過，鋼從黑衣人回應英美的話語，推測「魔彈塔斯蘭」看來已經傳授給這名同班少女。想到這裡，他就無法克制自己體內冒出難以抗拒的好奇心。

「我們經由某種管道得知，Mrs. Goldie已將『魔彈塔斯蘭』的術式傳授給您。」

另一方面，英美心中幾乎完全掌握了一連串事件的背景。

外婆確實將那個魔法傳授給她了，這是事實。但應該只有格爾迪家內部人士知道這個事實。她未曾在格爾迪家以外的地方施展「魔彈塔斯蘭」，但即使她練習魔法的樣子被外人看見，對方也不知道這是「魔彈塔斯蘭」。

那個魔法稱為祕術的原因在於發動程序。一般來說，魔法師只能認知到魔法所導致或可能導致的效果。若只看到事象改寫的結果，並無法區分「魔彈塔斯蘭」和一般的移動系魔法。

但是對方知道她已習得「魔彈塔斯蘭」，也就是說……

（家系內鬨啊……難怪外婆忽然提議那種事……）

不是這幾天的事，而是「今天清晨」的事。過於急遽的事件進展，使得英美身為當事人，卻忍不住想笑。

「Miss Goldie，您覺得如何？會有人在您身旁造成威脅，這也是確實的情報。恕我冒昧，您的雙親只是普通的魔法師，光靠他們的力量應該無法確保您的安全。」

（所以要是我拒絕，你們就會成為「在身旁造成威脅」的人吧。）

英美輕聲嘆息。

「你們為什麼想要那個魔法的術式？」

波及到只是同班同學的鋼，令英美過意不去。

「不過，其實我早就知道答案了。」

但是這些人，無論如何都不會善罷甘休。

「那個術式是格爾迪本家的證明。」

既然這樣，只好放棄使用和平手段解決。

「即使出生於本家，要是無法使用那個術式，就不會被認同是本家的一分子。」

英美做出這樣的覺悟。

「當然也得不到繼承權。」

英美如此斷定之後，包圍兩人的黑衣人立刻釋放殺氣。

「這種事太好懂了。」

英美改說日文惡言相向，同樣進入備戰狀態。

「您不願意協助？——真遺憾。」

黑衣人也在這句話的後半改用日文。

「抓住格爾迪小姐。稍微傷到她也無妨。那個小子就收拾掉。」

男性一聲令下，黑衣人的袖口同時閃出銀光。

黑衣人們的手中出現細長的投擲用匕首。

他們不可能是遵照這座「仙境樂園」的風格，卻在袖口藏了彈簧機關匕首盒。

匕首可以用在近戰與投擲兩種用途。他們手中的匕首重心偏向前端，是投擲用的武器。從包圍狀態近距離同時投擲匕首，是對付魔法師的有效戰法之一。

然而，在匕首脫手射出之前，包圍網就瓦解了。

「收拾？拜託你們別擅自決定這種危險的事。」

黑衣人還沒投擲匕首，黑白雙色小丑就成為楔子衝向包圍網。

小丑並不是以肉眼看不見的速度逼近過去。

他只是以正常方式跑到對方面前。即使迅速，稍微練過的人就能和他一樣快。

黑衣人領導者還在和英美交談時，他就採取行動。

小丑只是沒讓眾人察覺而已。如同隱藏在影子裡的亡魂。

戴著黑白面具的鋼，手掌輕觸黑衣人胸口。

看起來真的只像是輕觸。

但他摸到的黑衣人，卻往後飛十公尺之後摔在水泥地面。

黑白相間的色彩輕盈旋轉。

光影互換，亮度的激烈變化使得輪廓模糊。

鋼的手刀命中旁邊黑衣人的肩頭。

響起「咕嘰」這個不祥的聲音。

並不是被手刀砍中，而是輕輕敲中——只有觸碰。

即使如此，鋼的手刀依然將黑衣人持刀的手臂上臂骨打斷。

「是魔武嗎！」

黑衣人領導者驚愕地大喊。

「魔武」是「中式魔法武術」的簡稱。

「中式魔法武術」是併用魔法的空手格鬥技術。

藉由將接觸點指定為魔法發動點，省略輸入座標變數的程序。這種「接觸魔法」是中式魔法武術的基礎技術之一。

大概是對領導者的聲音有反應，黑衣人們包圍鋼，放低重心擺出架式。

黑衣人們變得慎重——變得認真，鋼見狀露出無懼的笑容。

「客人們，這邊的區域還沒開放。」

鋼裝模作樣地以右手按住胸口，左手舉成水平，右腳放在左腳後面。

「很抱歉，今天得請各位離開這裡。」

完全一副只做表面工夫的樣子行禮。

「還是說，由我為各位帶路吧？——前往派出所。」

鋼以恭敬語氣挑釁黑衣人們。

身後的黑衣人緩緩拉近距離，朝鋼襲擊而來。其中一人進攻，使得包圍網出現了破綻。這正鋼配合黑衣人展開行動，翻身主動衝向襲擊的男性。

黑衣人也不是外行人。

他正手握投擲用的匕首，朝鋼刺了過去。

目標不是容易閃躲的頭部，而是軀體的中心——心窩。

然而，翻動閃爍的黑白色彩，使得黑衣人失準。鋼輕踩腳步，躲過黑衣人錯失時機的突刺，一拳打在對方下顎。

這不是魔法，是魔術，利用眼睛錯覺的奇術造成炫惑。

並非一朝一夕就能習得，運用全身的熟練魔術舞蹈。

他的奇特衣服，不只是主題樂園工作人員的服裝，也是考量到實戰的戰鬥服。

包含領導者在內，黑衣人的注意力集中在鋼身上。

這是英美難得的大好機會。

英美雙手撫摸自己軍用風格外套各處的口袋。

取出來的東西，不是手機造型的ＣＡＤ。

她舉在眼前的雙手，拿著扇型打開的撲克牌。

英美拿著撲克牌的雙手，隨意往兩側一揮。

撲克牌從她雙手釋放，在半空中飛翔。

有些牌筆直前進，有些牌則是畫出了弧度而旋轉。

牌以眼睛看不見的速度飛舞，接連貫穿黑衣人的衣服插入身體。

鮮血飛散。

沒有人受到致命傷，卻也沒人只受輕傷。

「滿足了嗎？」

英美以日文對黑衣人領導者說著。

她面不改色看著不斷流出的血，就像是當成打翻的番茄汁之類的東西。

「這就是你想知道的『魔彈塔斯蘭』。但光是用看的，應該看不出術式吧。」

「怎麼可能……『魔彈塔斯蘭』應該是用小型的球狀砲彈才對……」

這名男性恐怕沒發現自己以英文回應日文。

劇痛不允許這種些微突兀感的存在。

不，光是只有他一個人站得住，就應該說他不愧是領導者。

但英美對這種事不感佩服，也漠不關心。

「……原來你連這種程度的事都不曉得？看來我多嘴了。」

英美眼珠子不斷左右轉動，反映她正在「要怎麼瞞混過去」的思考。她心中恐怕認為剛才不該「告知」對方她使用了魔彈塔斯蘭。誤判的原因，在於她認定對方知道魔彈塔斯蘭的存在而得意忘形了。

不曉得是死心還是看開，英美困惑的表情，立刻轉為強悍而開朗的表情。

「呃～不是那樣。要使用什麼東西作為魔彈，不同術士都有自己擅長的做法。以珠砲當魔彈的人，記得是前年過世的伯公吧？這麼說來，他好像有一位比我大兩歲的孫子？我沒見過這位遠房堂哥，但他就是你們的雇主吧？」

英美單手扠腰，另一隻手比出手槍手勢在臉部高度晃動，以一副「這樣的高明推理如何？」的語氣說得滔滔不絕。看來英美想以氣勢鎮壓現場，不過很可惜，對方並沒有畏懼。

「…………」

到頭來，對方根本毫無反應。

「我說……明智同學？」

英美等待黑衣人回應時，鋼以有些顧慮的語氣對她說話。

「嗯？」

「那個傢伙昏過去了。」

「啊？」

見血也不為所動的英美，慌張走向黑衣人。

「慢著，要昏迷也要等到回答完我的問題吧！」

「別強人所難了。」

英美衝到停止活動的黑衣人面前，一副要賞他耳光的樣子。心想要是她真的出手就得阻止的鋼（因為繼續追擊恐怕會出人命）連忙趕來，看到她沒出手後鬆口氣，以無奈聲音吐槽。

「啊……十……十三束同學？」

看到身旁一臉無奈——但因為戴著面具（以下省略）——的鋼，英美忽然變得安分，一副忸怩怩難以啟齒的樣子仰望著他。

英美和一分鐘之前簡直判若兩人呢——即使鋼如此心想，但扔著她不管也莫名地恐怖，因此決定搭腔。

「明智同學，什麼事？」

「那個……對不起，波及到你了！」

「什麼嘛，是這種事啊。」

英美迅速低頭致歉，鋼則是發出近乎掃興的聲音。

「即使只是打工，但我是仙境樂園的警備巡邏員。要是園區中可能發生綁架案，就算要我放任不管，我也不能當成沒看到啊。更何況，有那麼多可疑人物入侵，明顯是我們這邊的疏失，所以不用在意。」

英美聽到鋼如此回答，表情立刻一亮。

她態度如此現實，使得鋼不禁苦笑。

鋼的緊張感消失，所以順口說出了無謂的事。

「而且，我也見識到罕見的東西了呢——原來那就是『魔彈塔斯蘭』。在當成子彈使用的物體上，施加條件發動型的延遲術式，光是以手扔就能讓移動魔法發動的射擊魔法。我不曉得延遲術式能維持多久，不過在面對敵人的時候，不用操作CAD也不用構築魔法式，要單發、連射或同時發射都隨心所欲。原來如此，確實是適合成為名門格爾迪家王牌的術式。」

鋼得意忘形說完整段話，才察覺氣氛變了。

「……只看一次就能夠看穿到這種程度，是不是該說你不愧是百家最強之一——十三束的直系後代呢？」

「啊？那個……明智同學？」

「……真遺憾，明明好不容易當了朋友……」

「啊？咦？為什麼是過去式？」

「十三束同學，我告訴你一件好事吧。」

鋼的腦中響起劇烈的警鐘聲。

但他不知為何，腳像是黏在地面動彈不得。

「呃……什麼事……？」

「所謂的祕術，就是因為非得保密，才叫作『祕術』喔。」

「哇～！慢著慢著等一下！」

英美右手的撲克牌以扇型打開，鋼見狀慌張至極地揮動雙手。

不只如此，還連忙脫掉帽子取下面具。

「我不會對任何人說！我會保密！看我的臉！我的表情不像是在說謊吧！」

他取下面具，似乎是為了說這句話。

鋼忽然跪伏在地面，使得英美氣勢大打折扣，難以繼續嚴肅下去。

「……真是的，算了啦。畢竟我剛才也看到了有趣的舞蹈。」

「啊，啊～」

這次輪到依然跪地的鋼發出困惑聲。

光是聽這個聲音，英美就知道鋼不想被別人知道那種奇術。那應該是鋼獨創的壓箱本領。既然這樣就簡單了。

「那麼，我們彼此保密吧！」

英美蹲下來（雙腿當然確實併攏，以免迷你裙底被看見）和鋼目光相對，鋼隨即露出靦腆的笑容點頭。

「啊，我忘了！」

英美大概是因此安心吧，她唐突地猛然起身，從裙底取出ＣＡＤ。

她在疑惑地心想「什麼事？」的鋼注視之下，發動了一個魔法。

魔法效果以光、熱與味道顯現。

插在黑衣人身上的牌忽然點燃，焚燒傷口之後化成灰。

「湮滅證據兼止血結束。接下來，兼職工作人員十三束同學。」

「什……什麼事？」

英美忽然發出肉麻的聲音，使得鋼理所當然提高警覺。

不過世界上，很多事即使提高警覺也沒用。

「園區內有人受傷，是由工作人員負責救護對吧？而如果該傷患持有非法武器，也是由工作人員報警對吧？」

「明智同學……難道妳想把工作全塞給我？」

「居然說什麼塞給你，當然不是那樣！不過你想想，我今天畢竟是一個『遊客』啊。而且朋友在等我呢。」

「……好詐。」

即使鋼懷恨瞪向英美，她也不以為意。

「那麼，就是這麼一回事了～十三束同學，學校見囉！」

英美只轉身一次揮手致意，就這樣快步跑離現場。目送英美背影的鋼，表情從板著臉慢慢變成苦笑，最後化為長長的嘆息。

英美總算和昴與紅葉會合之後，三人一起坐在長椅啃著可麗餅當午餐。身穿直條紋衣褲的工作人員經過眼前時，英美提出一個沒特別針對任何人的問題。

「這裡明明是『仙境樂園』，他們為什麼不是扮成兔子……？」

「我說啊……這樣終究會引發版權問題吧？」

「嗯？難道艾咪希望有個兔小弟隨侍？」

「不是啦！真是的……我只是覺得，難得進入不可思議的國度，工作人員也打扮成更有感覺的樣子比較好而已。」

「怎樣的打扮會更有感覺？」

「嗯～……我想想，例如威尼斯面具節風格的魔術師之類的。」

浮現在英美腦中的，是類似某魅影的黑白雙色小丑。但她覺得小朋友一看到那種造型就會嚇哭，所以在腦中搜尋類似的造型。

「啊，這樣或許不錯。」

「嗯，我也這麼認為。感覺很有趣。」

後來每次有工作人員經過，她們就聊著「不是那樣，不是這樣」享受虛擬換裝的樂趣。英美則是悄悄思考「十三束同學打扮成兔小弟或許不錯」這種對鋼來說危險至極的點子。

The irregular at magic high school

友情、信賴、戀童嫌疑

國立魔法大學附設第三高中，位於石川縣金澤市郊外。依照現行更改為廣域行政區的行政制度，這裡應該稱為「前石川縣」，但包括報章媒體在內，人們還是以舊的都道府縣名辨別區域。其中應該包含習慣的要素吧。「石川縣」沒變成「加賀藩」或「能登國」這種古名，推測同樣是基於「習慣了」這個理由。

這件事放在一旁。

石川縣金澤市郊外第三高中的資料室裡，吉祥寺真紅郎暫時停下寫稿動作，伸了一個大大的懶腰。可能是提供腦波輔助功能的頭戴裝置在舉手時造成妨礙，因此他取下了裝置，再度大幅讓身體往後仰。

大概是維持相同姿勢的時間比預料還久。關節發出清脆聲響之後，隨即有一股細微痛楚，使得吉祥寺蹙眉。

他沒有立刻繼續執筆，而是轉頭看向旁邊。這間可以閱覽高度機密文件的資料室沒有窗戶，但或許是考量到要紓解身心，小小個人房的側面牆壁是模擬窗戶的螢幕，每個房間都播放不同景色的影像。這個房間可見的「景色」是隨著微風搖曳的深山竹林，吉祥寺很喜歡這影像。

他正在撰寫的，是十月底舉辦的論文比賽——「日本魔法協會主辦・全國高中生魔法學論文競賽」要發表的報告。吉祥寺身為高一學生，卻已是世間知名的魔法研究員。本次獲選為第三高中論文比賽代表成員的他，從暑假前就開始準備這場競賽，但他自己也感覺得到，在九校戰結束之後，自己更加專注於寫稿。

而且也自覺到箇中原因。

是對九校戰遇見的那個人——司波達也的競爭心態。

吉祥寺直到經歷本次的九校戰，未曾在魔法理論感覺輸給同年代的對手，甚至幾乎不記得對某人抱持競爭心態。先不提魔法的實踐層面，在魔法理論領域，不只是國內，即使放眼全世界，和發現「始源碼」的吉祥寺同樣聰明的同年代學生也屈指可數。吉祥寺抱持這樣的自負。

而且這絕非自以為是。在魔法學的世界，現在依然每天發表新的研究成果，但是匹敵「發現始源碼」的研究成果，每年頂多只有一種。吉祥寺真紅郎的功績就是如此罕見又珍貴。

然而他的自負，在本次的九校戰被打成粉碎。至少吉祥寺自己如此認為。

理論必須伴隨實踐才首度具有意義。這是在魔法研究領域廣受支持的觀點，在這個國家尤其是當成常識或大前提而普及的概念。

吉祥寺也認為這是理所當然。魔法理論始終是用來更加精通魔法技能的工具，紙上談兵的理論根本不足為提。只要魔法學繼續以一門學問的形式進展，或許遲早會進化為解開精神本質的純理論體系。但現代魔法學還不到這個階段。

而且，在「以理論輔助實踐」這個層面，那個人——第一高中一年級學生司波達也展現的技術，在吉祥寺內心刻上敗北感。不是只有知識，不是只有技術，對方統合兩者的運用力完全超越吉祥寺，吉祥寺切身感受到這一點。

這令吉祥寺極度不甘心。

對於知識與技術的自信是他的內心支柱。他光靠力量絕對贏不了「那些人」，知識與技術是他用來協助「那些人」的必備工具，在這方面絕對不能落於人後。所以吉祥寺對自己發誓要在論文比賽為九校戰雪恥。他認為在這場論文比賽中勝過第一高中而奪冠，是他恢復自信的最快捷徑，也是無法迴避的一條路。

所以他在九校戰結束後，幾乎每天窩在這間資料室，勤於撰寫發表用的原稿。

說到九校戰結束之後……

——最近，一条的狀況不太對勁——

這樣的聲音，在最近偶爾（機率比「鮮少」高一點）傳入吉祥寺的耳中。

將輝的狀況不對勁，吉祥寺對此沒有異議。他自己也這麼認為，也明白絕對不是多心。因為吉祥寺知道將輝「不對勁」的原因。

（……就算這樣，我也沒辦法做些什麼。）

這方面應該無法以「不值得交你這個朋友」來責備吉祥寺。因為將輝罹患的疾病，從以前就號稱是「醫生也治不好」或「泡溫泉也沒有療效」的病。

吉祥寺知道，一条將輝罹患的是「相思病」。

「司波深雪」。

這就是將輝罹患相思病的對象。

那位一条家下任當家會為情所困，實在令人意想不到——這是因為將輝實力好、長相好、家世也好，不用特別追求就自然有女孩主動接近。絕對不是因為將輝是純情少年或個性異常硬派，更不是性癖好方面有所偏差——但如果對象是那位少女，吉祥寺認為將輝確實有可能無法表明心意而苦於單相思。

吉祥寺每次回想起那名少女的身影，也無法壓抑心跳加速。

她就是如此嬌憐的少女。如果有人說她不是真人，是以超現代科技讓青少年願望成真的立體影像，吉祥寺甚至也會相信。明明不看照片也能在腦中清晰重現她的身影，卻覺得她或許是夢境或妄想中的產物。這種想法不只出現過一兩次。

對她沒有戀愛情感的吉祥寺都會這樣，愛上她的將輝會軟弱得不像自己也難免。

以吉祥寺的狀況，他抱持的是對方高不可攀的敬畏心情。多虧如此（應該吧）免於陷入絕望的單相思，但因為將輝有機會追求得到，所以症狀更加嚴重。

司波深雪是將輝單相思的對象。此外，這個姓名對吉祥寺也具備特別的意義。

她是司波達也的妹妹。

那個人占據吉祥寺內心的競爭意識，他的妹妹則是即將占據好友的心。

吉祥寺的內心，比他自己想的還要五味雜陳。

「喬治。」

就在太陽完全走到西方，學校即將關閉，吉祥寺正要離開校門的時候，他聽到後方傳來的聲音而轉身一看。

「將輝。」

即使他沒有回頭，光聽聲音也就知道是誰了。吉祥寺轉身時呼喚名字的這個人，就位於轉身所見的前方。

「你要回去了吧？那就一起回去吧。」

「好啊，只要將輝不在意。」

吉祥寺這番話，完整的意思是「只要將輝不在意沒去其他地方逛逛」。吉祥寺幾乎每天都是放學就直接回宿舍。相對的，將輝大多會在回家途中繞路到各處。而且並非總是去玩樂（但大多是到處玩樂），以一条家長男身分為家業奔走的狀況也不少。

「嗯，今天沒什麼事……對了。喬治，久違地來我家坐坐吧。」

「啊？忽然造訪不會給你添麻煩嗎？」

吉祥寺對好友唐突的提議做出常理反應，但將輝以開朗的笑容帶過。

「以我們的交情何須見外。何況如果是喬治，家人隨時都很歡迎。」

「是嗎？好的，我就叨擾一下吧。」

將輝以純粹的善意邀請獨居的吉祥寺。而他也基於隱情，無法推辭一条家的善意。

吉祥寺原本就不討厭造訪將輝家。既然將輝今天要直接回家，也不用擔心在中途妨礙他執行任務。所以吉祥寺沒有特別展現猶豫的樣子，就點頭回應將輝的邀請。

◇ ◇ ◇

將輝家距離學校只有徒步三十分鐘的路程。不是通學時間三十分鐘，是走路只要三十分鐘。

但第三高中位於一条家的徒步範圍單純只是巧合。並不是因為第三高中由一条家設立，或是一条家擔任理事長之類的，沒有這種似乎在某處聽過的隱情。何況第三高中和其他魔法科高中一樣，是國立大學附設的國立高中。決定高中校區位置的是政府機關，一条家即使是十師族，表面上也只是普通百姓，沒有介入政策的餘地——十師族的影響力，並非用於這種案件上。

將輝與吉祥寺並沒有特別趕路，以二十五分鐘解決徒步三十分鐘的歸途。即使白晝最長的季節已過，黃昏的天空還要一段時間才會染上紫暈。吉祥寺認為一条家的人們應該還沒返家，所以一進門就聽到前院有人叫他時稍微嚇了一跳。

「咦？真紅郎哥，歡迎。」

充滿活力搭話的是有點尖的女高音，應該說依然留著稚氣的聲音。

「小茜妳好，打擾了。」

吉祥寺露出笑容問候的對象，是將輝的大妹一条茜。她就讀小學六年級，將輝除了茜還有一個小妹。吉祥寺沒什麼機會和現在就讀小學三年級的小妹交談，但茜從以前就很親近他，每次吉祥寺造訪一条家，茜只要在家就一定會來露臉。她還說過「將來我要成為真紅郎哥的新娘」。不過這番話的認真程度就不得而知了。

第一次聽到這句話時，吉祥寺在他還不算長的人生之中，面臨第三次的窮途末路。茜不愧是將輝的妹妹，有一張未來相當令人期待的工整臉蛋。她是在兩年前宣稱要出嫁，當時她才小學四年級。吉祥寺自己也是國中二年級，聽到「結婚」也完全沒有實際感覺。但吉祥寺並不討厭茜，考量到一条家的恩情更不能冷漠以對，所以當時的吉祥寺完全不曉得該如何應對。

最近這一年，吉祥寺不再受到如此直接的「示愛」，但茜有機會就會提到類似的事。吉祥寺逐漸不會對此感到困惑，或許代表吉祥寺如同外護城河被填平般逐漸被攻陷。但他本人沒察覺這件事就是了。

總之，將輝應該不會准許他被人批判有戀童癖（意思是將輝不准他在妹妹還小時出手），所以無論是外護城河被填平還是內護城河被抽乾，要做結論是將來的事情。

茜似乎剛好要去上才藝課，所以吉祥寺當場道別。雖說如此，吉祥寺應該一如往常，要到用過晚餐才回得去，所以等一下還會見面。

身為一家之主的將輝父親——一条家當家一条剛毅還沒返家。十師族候選的二十八個家系，必須維持魔法界領導者應有的私人戰力，因此都會在避免太出名的範圍內經營企業或投資，擁有某種程度的資產。舉例來說，有些家系表面上是「地方名士」的等級，背地裡卻是國際大企業「股東的股東的股東……」掌握實質統治權，但一条家沒有擴展事業到這種程度。一条家表面的家業是日本海的海底資源採掘公司。吉祥寺知道只要沒發生異狀，剛毅會在晚餐時間返家。

另一方面，將輝的母親是家庭主婦，但也剛好不在家。大概是外出購物吧。在這個時代，包含食品在內的日用品都能在網路商店購買，但是想看實物再購買的女性很多，尤其是主婦。在店裡結帳的物品並非直接提回家而是送貨到府，因此總令人覺得和網路購物沒有兩樣，但這或許是男性的想法。

一条家是大宅邸，比一般獨棟住宅的平均規模大十倍左右，卻沒有幫傭或侍從在家裡服務。在親戚齊聚或邀請魔法界人士來訪時，是請熟識的當地旅館與餐廳派人前來服務。需要專業技術的庭院整理工作，也是定期找園藝業者負責。同樣是十師族，一条家和擁有許多幫傭的七草家或五輪家成為對比，基於「機械能做的事都由機械做」的方針，全面導入家庭自動化系統。

今天一条家沒有客人預定來訪。兩名男高中生走在無須在意他人眼光的無人走廊，筆直地前往將輝的臥室。

依照傳統計算單位，將輝臥室是三坪大的西式房間，對照世間的通則也不算特別大。內部依照上流階級常用的現代建築樣式打造，床與衣櫃都可收入壁面。所以即使只有三坪大，也能確保充足的空間。

吉祥寺對好友的房間瞭如指掌。他從收納床鋪的反方向壁面拉出吧臺式的桌子，坐在成套的椅子上頭。

將輝從臥室附設的小冰箱拿出了兩杯冰涼的綜合茶。一杯放在吉祥寺面前，自己拿著另一杯坐在吉祥寺正對面。

「喬治，報告的進度怎麼樣？」

「謝謝，將輝，很順利。」

將輝坐下如此詢問，吉祥寺以低調並隱含自信的笑容如此回答。

「將輝你呢？聽說你最近相當勉強自己。」

不同於「那個」傳聞，吉祥寺從別人口中得知，將輝在九校戰結束之後，一直進行相當嚴苛的訓練。他能理解箇中動機。如同吉祥寺覺得在CAD的運用與調校敗給司波達也，將輝應該也對「祕碑解碼」的敗戰懊悔到非得發誓雪恥。

「我的話普普通通。畢竟不會立刻出現成效。」

「也是。」

吉祥寺努力以隨口提及的方式詢問，將輝回答時的聲音比想像中平靜，感覺不到吉祥寺所擔心的不健康的執著。吉祥寺對此鬆了口氣，以輕鬆的語氣點頭回應。

◇◇◇

響起「嗶」這個電子音效之後，將輝發出如同從地底湧現的呻吟。

「喬治……我要暫停。」

「這是最後一次了。中盤就用光暫停機會，真的沒問題嗎？」

吉祥寺隔著相互背對的螢幕如此確認，將輝無力地點頭。

兩人正在對戰的即時戰略遊戲畫面暫停。如同時間靜止般凍結所有動作與變化的市區影像，將輝切換成從上空俯瞰，就這麼盯著螢幕注視。好友在這種遊戲正經思考對策，這種不服輸的個性，令吉祥寺會心一笑，察覺臉頰即將放鬆而連忙繃緊。但其實沒必要繃緊。將輝的目光停留在螢幕，明顯沒有餘力注意其他事情。

何況這個遊戲即使「只是」遊戲，也不能小看它「只是」遊戲。這個戰略遊戲的腳本是由魔法大學軍事學系戰術研究室所設計，精密到只要提升運算規則，就可以直接提供給國防陸軍各師團，作為如何在市區戰運用魔法師的模擬訓練。

「……在那裡放伏兵也太壞心了。而且還刻意不用魔法，是以繩索垂降……」

將輝的這段牢騷或許是自言自語，但吉祥寺立刻回應。

「將輝，不提埋伏的地點，引導對方只注意到魔法，己方卻不使用魔法移動，是我們最近才看過的戰術。」

吉祥寺說話的語氣和閒話家常並沒有兩樣。然而，將輝卻猛然睜大了眼睛、用力咬緊牙關，反應相當激烈。

「是那個傢伙嗎……」

「對。這是他在『祕碑解碼』新人賽，對第三高中使用的戰法。」

將輝所說的「那個傢伙」和吉祥寺所說的「他」是同一人，也就是第一高中一年級的司波達也。兩人之間無須再度確認這種事。

吉祥寺點頭回應將輝的話語，同時打開遊戲選單選擇了中止。因為他知道將輝的注意力已經完全離開了遊戲。

將輝的螢幕出現「是否接受遊戲中止」的選項。將輝選擇「是」之後，把螢幕朝自己方向往下壓，和同樣闔上筆記型情報終端裝置的吉祥寺重新相對。

先開口的是吉祥寺。

「我覺得將輝在好壞兩種層面都過於王道。」

「好刺耳。」

將輝對吉祥寺的指摘露出苦笑搖頭。

「你聽我這麼說應該不是滋味，總之希望你能聽我說。」

吉祥寺以稍微緊繃的表情這麼說完，將輝嘴唇的笑意消失了。

「我自認器量沒那麼小。所以？」

「也對，抱歉。」

吉祥寺和將輝相反，舒緩緊張的情緒繼續說下去。

「走王道不是壞事。王道是鋪得最平坦，能最快抵達目的地的一條路。何況以將輝的個性，

「確實如此。」

將輝臉上再度浮現苦笑。這次吉祥寺也沒有規勸，而是一起默默露出笑容。

「沒關係，因為這才是將輝。」

露出笑容的吉祥寺，將雙眼瞇得更細，某方面看起來像是眩目的表情。

「你這是在稱讚我？」

將輝半開玩笑地回應。不曉得是沒察覺還是刻意不提，抑或是做出其他解釋。

「放心，這姑且算是稱讚。」

「只是『姑且』啊？」

兩人像是事先說好般，同時簡短笑了幾聲。

「所以我覺得將輝不可能使用他那種戰法，也沒那個必要。」

笑聲停止之後，吉祥寺正色回到話題。

「我認為將輝必須學習的不是使用奇計，是如何應付對方的奇計。」

「……這不只是戰略遊戲的話題吧？」

吉祥寺明確點頭，回應將輝試探般的語氣與眼神。

「對，我不只是在說戰略遊戲的話題。接下來我要毫不客氣地表達意見。」

吉祥寺說到這裡暫時停頓，像是在鼓舞自己。

「若你只是一味埋首進行訓練，明年的九校戰或許也會重蹈今年比賽的覆轍。」

經過短暫的沉默，將輝才發問確認這番話背後的含意。

「意思是我的做法錯了？」

「我不會說毫無意義。」

吉祥寺的回答比較委婉，卻沒有誤解的餘地。

「鍛鍊肯定會提升基礎實力，累積的訓練會成為將輝的血肉。」

將輝未被這番表面上的肯定沖昏頭。他直覺理解到吉祥寺真正想說的是下一段話。

「但是勝負並非只以實力決定。」

即使做好心理準備，吉祥寺的指摘依然苦得令將輝難以入口。

「將輝，我至今依然認為你的實力在司波達也之上。」

「但是我輸了。」

將輝語氣果斷，像是再度讓自己認清這個事實。

「就是因為如此。不只是將輝，我也敗給了吉田家的古式魔法師。明明我的速度明顯勝過對方，不過卻還是輸了。而且我們整個團隊也敗給了第一高中。對方的實力確實高於我們的預料，但是……」

另一方面，吉祥寺語氣聽起來很慎重，像是在重新確認他反覆深思的結論。

「我覺得更大的因素是，我們果然偏向於在作戰層面輸給對方。而且與其說是中對方的計，更像是我們自掘墳墓。」

吉祥寺的這番話，使得將輝疑惑地歪過腦袋。

「但我不認為喬治的作戰有誤……」

將輝這番話不是在安慰吉祥寺，他真的這麼認為。

但吉祥寺搖頭回應這番話。

「不，是我作戰失誤。回頭檢討就發現，我一定是沉迷於用計。」

「……我聽不懂你的意思。」

「換句話說，在那場比賽『不要計謀』大概才是正確的。不是試圖控制對方依照我們的期望行動，採取一如往常的戰法就好。」

說到這裡，吉祥寺暫時停頓，觀察將輝的表情。看出他還無法理解，心想「真拿你沒辦法」於是繼續說明。

「在那場比賽，將輝沒必要主動接近他。」

內心覺得拿他沒辦法，卻因為能像這樣成為將輝的助力——得以補足將輝不及之處，使得吉祥寺感受到自己也沒察覺的喜悅。

「要是將輝貫徹原本風格，只進行長程砲擊戰，就不會像那樣被乘虛而入。在沒有掩蔽物的草原戰臺，沒必要提防來自死角的奇襲。我恐怕是過度意識到他了。」

將輝沒有出言安慰，只有點頭回應吉祥寺自我批判的話語。

這也是吉祥寺盼望與期待的反應。

「那場比賽的失敗原因是我作戰失誤。但我也希望將輝反省一件事。」

「喔，這次輪到我了？」

將輝刻意向後仰，吉祥寺也咧嘴回以使壞的笑容。

「即使將輝按照作戰行事，若再稍微提防對方的小動作，就能迴避最後的音波攻擊。將輝在他進入近戰距離時選擇正面迎擊，但如果當時先跳起來保持距離，結果就會不同。」

「真的很刺耳……換句話說，喬治的意思是要我別貿然搶攻，學習適時後退？」

兩人誇張的肢體動作，是避免氣氛過於沉重的預防措施，也得到某種程度的效果。

「有點不同。剛才也說到，將輝不適合耍小伎倆。所以你該做的不是學習如何設局，而是學習對方設局時的應對方法。」

「具體來說該怎麼做？」

面對吉祥寺的嚴厲指摘，將輝沒有沮喪也沒有反彈，而是積極詢問處方箋。這是兩人從以前維持至今的做法。

「要暫時後退觀望、直接硬碰硬擊潰對方，還是爭取時間和軍師商量……我認為你應該鍛鍊這種判斷局勢的能力。此外，還要培養『預先察覺異狀』的直覺。」

將輝聽完吉祥寺的這番提議，面有難色地開始陷入思考。既然露出這種表情，代表他自己心裡應該也有底。將輝具備接納逆耳忠言的器量，吉祥寺對此毫不質疑。

「所以現在比起折磨身體，更應該鍛鍊頭腦。我會幫你尋找更接近實戰的戰術模擬訓練，而不是這種戰略遊戲。」

「唔呃……」

將輝的低聲呻吟，聽起來像是真的有所抗拒，使得吉祥寺不由得笑出聲音。

「真紅郎哥，看你好開心的樣子。你們在聊什麼？」

就在吉祥寺失笑出聲的這個時候，茜隨著敲門聲開門進房。

「茜……我不是一直囑咐妳嗎？要等我回應才能開門。」

將輝如此勸告妹妹。

「既然是真紅郎哥就沒關係吧？如果哥哥是帶女生進房，我也會有所顧慮。」

茜毫無愧疚之意，走向將輝與吉祥寺相對而坐的桌邊。

「茜，我說啊……」

「什麼啦？哥哥不要飲料？」

將輝沉默不語，為難的表情變成為難至極的表情。吉祥寺以（稍微）溫暖的目光守護這段兄妹互動，茜在兩人之間擺上兩杯冰咖啡與一杯冰可可。

將輝默默以眼神詢問「怎麼多了一杯」。

茜以滿臉稚嫩的表面笑容回應哥哥，坐在吉祥寺旁邊的椅子上——這張椅子是茜把杯子放桌上時，吉祥寺俐落從桌子下方的收納空間拉出來的。看來這種演變在這個家裡是家常便飯。

「真紅郎哥，你剛才在笑什麼？哥哥又做出什麼歡樂的事了嗎？」

茜一坐下，視線就連同身體面向吉祥寺。

「茜，妳不應該對親哥哥講這種話吧……」

妹妹明顯想拿將輝當話題，使得他提出極為中肯的控訴……應該說抱怨。

「我並沒有『對』哥哥說話喔～我是在問真紅郎哥。」

如此傲慢的回應，使得將輝不禁啞口無言。

茜和吉祥寺嬉鬧好一陣子。可能是滿足了吧，她大約五分鐘後離開了房間。被小學女孩耍得團團轉的兩名男高中生，彼此露出疲憊的笑容。這大概反映出茜即使年紀還小，卻依然是「女性」的事實吧。

「……抱歉，鬧成那樣。」

「啊哈哈哈哈……」

將輝垂頭喪氣深切道歉，吉祥寺則是以空虛的笑聲回應。

「不，那個……這麼有活力不是很好嗎？」

吉祥寺勉強擠出這句無傷大雅的安慰。

「不過做哥哥的我，希望她能夠稍微朝率直的方向具備活力。」

然而將輝沒有停止發牢騷。甚至還說出「相較之下，那個傢伙的妹妹……」、「她居然是那個傢伙的妹妹」、「真羨慕」、「沒天理」或是「可惡，我不能原諒！」等，內容逐漸偏激的自言自語。吉祥寺心想，再不修改話題方向可能會很不妙。

「別再激動了。我覺得小茜很好。」

然而……

「喬治，你……」

吉祥寺漏講了最重要的部分。

「既然你覺得很好，我也不會說些不上道的話，不過……」

「啊？」

吉祥寺看到將輝以戰慄與警戒交織而成的眼神，總算察覺自己失言。

「如果要交往，拜託至少等她小學畢業吧。」

「啊，慢著……」

吉祥寺想解釋不是那樣。他其實是想說「我覺得小茜維持這樣的個性很好」。

「喬治，我相信你。相信你沒有戀童癖。」

但是不知為何，「不是那樣」這句話哽在喉頭說不出來。吉祥寺在這一瞬間心想，這句話可能會被解釋為他拒絕茜，進一步被誤解他抗拒和一条家來往，抗拒他和將輝現在的交情。

與其解開誤會，吉祥寺決定優先避免和將輝產生摩擦。

吉祥寺潛意識如此判斷。

甚至沒有自覺。

「那當然吧！我沒有戀童癖！」

因為不知道原因的關係，吉祥寺也無法重新構築說不出來的話語，只能提出大幅地違背自己本意的反駁。

這個誤解將成為巨大活斷層，不曉得會在將來引發多麼強烈的地震，但吉祥寺甚至沒有餘力思考這種事，只能承受將輝的微溫視線——即使形容為大地震，終究只會是私下的風波。

對現在的吉祥寺來說，思考這種未知將來的餘力想求也求不得。最後他終於無法承受，迫不得已轉移話題。

「不提我，將輝怎麼樣？和她稍微有所進展了嗎？」

俗話說「後悔莫及」。悔意總是之後才湧現。吉祥寺為求轉移話題說出這句話的下一瞬間，便感受到「糟了……！」的強烈悔意。

「如果你說的她是『她』，根本稱不上什麼進展。」

將輝面無表情，冰冷得與其說是撲克臉更像是戴上石面具，並且以符合這張表情的聲音，做出「毫無進展」與「毫無收穫」的回應。

「……為什麼？」

吉祥寺內心出聲要他「別問」。這是吉祥寺已身理性的聲音。但是吉祥寺的口舌一反內心的制止，沒有停止詢問。

「你沒跟她連絡？」

「我沒問連絡方式。」

「為什麼？將輝不是和她跳過舞嗎？她看起來也沒有抗拒啊。」

「我自己也覺得她不討厭我。可是不行。」

將輝的聲音聽起來像是在壓抑自己，連吉祥寺也感受到喘不過氣的壓力。

「所以為什麼？」

「她是那傢伙的妹妹。只要沒有為那場敗北雪恥，我就無心向她提出交往要求。」

吉祥寺說不出「她不會在意那種事」這種話。畢竟他認為這樣輕易回應實在不負責任。即使事實上真是如此，既然在意的人是將輝，那麼講出這種話便毫無意義。

吉祥寺無法笑說這是無聊的賭氣。反倒認為沒在這裡有所堅持，就不是將輝的作風。

吉祥寺毫無猶豫或算計，內心自然就湧出下一句話。

「將輝，我會幫你。不，這不是協助。我們一起雪恥吧。」

「嗯，拜託你了。」

◇　◇　◇

據說將輝的父親剛毅臨時要和客戶聚餐，今天會晚歸。

當然，他也取消參加家裡的晚餐會。所以一条家的晚餐餐桌，是由將輝、將輝母親美登里、茜、茜的妹妹瑠璃，以及吉祥寺共五人圍坐。將輝正前方是吉祥寺、旁邊是瑠璃，吉祥寺旁邊是茜，美登里則是坐在環視四人的主位。

餐桌上的氣氛一如往常。茜熱烈向吉祥寺搭話，正前方的瑠璃默默動筷，將輝不時注意小妹狀況並且照顧她，美登里則是笑咪咪看著孩子們的互動。

吉祥寺久違三週在一条家和眾人共進晚餐。不過中間插入為期十天（總滯留天數是兩週）的九校戰，所以實質上並沒有間隔太久。

「真紅郎好久沒來了。最近很忙嗎？」

但美登里的主觀想法似乎不同。

「是啊，你要是更常來玩該有多好。」

茜立刻附和。吉祥寺沒有笨到在這時候反駁。

「是妳想玩吧？」

「咦，哥哥在吃醋？放心啦～我不會從哥哥那裡搶走真紅郎哥。」

「笨蛋～我和喬治不是那種關係。」

將輝否定的話語，使得吉祥寺差點發出聲音，但他立刻自我克制。

「說我笨蛋是怎樣啦！哼，哥哥也只有現在能夠那麼從容了。因為啊，友情在愛情面前根本虛幻得可以。」

「愛……愛情？茜，妳明明是小學生，也太早熟了吧！」

「竟敢瞧不起小學生！我才要說哥哥，升上高中居然還沒交到女朋友，真不像樣！」

「茜，妳說出不能說的事了……！」

「你們兩個好吵。」

「瑠璃！居然說姊姊吵，這是怎樣！」

「好了好了，將輝、茜與瑠璃都冷靜一點。吃飯的時候要開心吃喔。」

吉祥寺無法介入這種毫不拘謹的對話。

他小心避免露出羨慕的表情，同時注意臉上的恭維笑容別被看穿，以看似快樂的笑容欣賞一条家的和樂光景。

——不過這張旁觀者的表情，只持續到茜說出接下來這句話。

「對了，真紅郎哥住我們家就好了。」

「哎呀，茜。這主意不錯。」

吉祥寺來不及插嘴，瑠璃就乘勝追擊。

「對吧！反正這個家的房間多到有剩。真紅郎哥，搬出宿舍到我們家住吧？」

「不，我不能這麼受各位照顧……」

吉祥寺這番話不是顧慮到狀況的客套話，而是真心話。不，他肯定有所顧慮，卻不是表面上客氣，是真的顧慮。

「真紅郎，不需要這麼客氣啊。」

正因為真的有所顧慮，所以美登里說出這種話，也只會令吉祥寺困擾。他不是抗拒住進一条家，這個邀請反而很吸引他，才會煩惱該如何婉拒。

要不是將輝幫忙打圓場，吉祥寺或許會被茜與美登里說服。

「媽……茜就算了，拜託媽不要說這種話造成喬治的困擾。這件事我們早在兩年前就充分討論過了吧？」

是的，兩年前也討論過吉祥寺是否要住進一条家的話題。當時吉祥寺主動婉拒，選擇繼續住宿舍——吉祥寺千鈞一髮之際，在將輝的協助之下想起這件事。

「美登里小姐，抱歉。」

吉祥寺被反覆洗腦不能對美登里使用「伯母」這個稱呼，所以「美登里小姐」這個稱呼自然地脫口而出。

「要是受您更多照顧，我會過意不去。而且住在研究所宿舍，有很多方便之處。」

後半段也不是謊言。在第一研究所舊址成立的金澤魔法理工研究所，是吉祥寺有別於第三高中所屬的研究機構，也是他發現「始源碼」的場所。在研究所區域內建造的宿舍，讓他即使實驗拖到半夜也不用落得「在走廊打地鋪」的下場，是非常方便的地方。

但這是追加補充的理由，前半段「不能受更多照顧」是吉祥寺的真心話。

「是嗎？……如果改變主意，歡迎你隨時搬過來。我們完全不會覺得困擾。」

吉祥寺在這方面的態度依然頑固，美登里見狀也沒有繼續硬邀。茜似乎有些不滿，但她只有鼓起臉頰，大概是認為堅持下去會壞了吉祥寺的心情。

美登里與茜讓步，使得吉祥寺鬆了一口氣。對他有恩的一条家如此關心，也同時令他過意不去。但基於某些隱情，他心情上實在無法接受美登里與茜的這番好意。

——三年前，大亞聯盟侵略沖繩，新蘇聯也配合步調進攻佐渡。新蘇聯至今依然否認和這場侵略有關，但那支部隊無疑屬於該國。

侵略部隊規模很小，但即使如此也足以蹂躪佐渡島。當時住在佐渡的吉祥寺，在這場戰爭失去父母，成為戰爭孤兒。

吉祥寺的雙親也是魔法研究員。佐渡在當時有座利用坑道遺址、為了分析想子性質而打造的實驗設施。吉祥寺的父母都任職於這座設施。據說新蘇聯侵略部隊的目的就是該處。研究設施率先遭受侵略部隊奇襲，超過半數的研究員，在侵略部隊與守備隊交戰時遭受波及而喪生。

這是短短一天的悲劇。當天上午十點，吉祥寺得知身分不明的軍隊奇襲研究設施，無法和雙親取得聯繫，就遵照國中教職員的引導，前往學校附近的避難所避難。

即使在避難所祈禱父母平安，也有辦法做出現實、悲觀的預測。從這個層面來看，當時的吉祥寺已經是個大人了。

忘記自己被賦予名為魔法的武器，只能感到無力而發抖。從這個層面來看，當時的吉祥寺還只是個孩子。

蜷曲在避難所忍受恐懼的吉祥寺，後來是由一条家率領的義勇軍救出——

那時候，一条家不只是將他救出絕望險境。

吉祥寺國一就能以見習研究員身分進入魔法理工研究所，是多虧將輝的父親剛毅的推薦。父母同時亡故、無依無靠的吉祥寺，本來只能進入惡名昭彰的魔法師孤兒收容所。他能得到居所與謀生之道，都是託一条家的福。這不是吉祥寺的主觀認定，是客觀的事實。

吉祥寺進入研究所不久，就以魔法研究員身分發揮稀有異稟，創下發現「始源碼」的豐功偉業，得以報恩。但吉祥寺沒有忘記當時的恩情，也未曾認為已經還清恩情。

吉祥寺在心中決定，回報一条家的恩情，就是他這一輩子的使命。

即使只是寄宿，這樣的自己要成為一条家的一分子，依然令吉祥寺感到萬分惶恐。

◇◇◇

吉祥寺允諾每週前來擔任茜的家教一次，藉此修復了她的壞心情。這場交易是吉祥寺單方面虧損，但他毫無不滿。甚至潛意識高興自己有理由每週造訪這個家一次。

晚餐過後，吉祥寺到將輝房間取回自己的物品，目前在一条家玄關頻頻鞠躬。

「感謝您的招待。」

「別這麼說，粗茶淡飯不成敬意。抱歉，我只是喜歡下廚卻沒廚藝。」

「絕無此事，我很喜歡美登里小姐做的菜。」

「哎呀，謝謝你。」

就像這樣，美登里遲遲不肯從這場恭維大戰放他走。

「媽，該回廚房了。茜與瑠璃都在等吧？」

兩個妹妹正在進行飯後清理工作。其實洗碗盤之類的工作，一般大眾認為可以交給家庭自動化機器人就好，但美登里認為「連這種事都做不到，會丟臉到不能嫁人」。基於這個方針，煮飯、洗衣與打掃工作是由兩個女兒每天輪值負責。

「哎呀，也對。那麼真紅郎，有空再來玩喔。」

「好的。畢竟我也和小茜約好了。」

兩名姊妹無法到玄關送行，吉祥寺在飯廳（應該形容為「餐廳」比較合適）進行返家問候時，茜反覆提醒關於家教的事。聽到吉祥寺這麼說的美登里，微微掛著苦笑回到室內。

「抱歉，耽誤你到這麼晚。」

「沒關係，反正現在是暑假。」

將輝略顯疲態道歉，吉祥寺笑著搖了搖頭。

「反正回宿舍也只有我一個人，我玩得很開心。」

「這樣啊。感謝你這麼說。」

將輝也知道，論文比賽與研究所報告兩頭忙的吉祥寺，在暑假也不可能閒得下來。將輝是明知如此而邀請吉祥寺來家裡。吉祥寺「玩得很開心」這句話，實際上讓將輝舒坦許多。

「週六我會再來。」

「……茜那番話你可以不用在意。」

「不可以那樣吧？」

好友一副和小學妹妹對壘的樣子，使得吉祥寺忍不住失笑。

「因為我不只要擔任小茜的家教，還要陪將輝練習戰略遊戲。」

將輝於此時噘起嘴，原因在於他回想起今天玩遊戲始終被壓著打。吉祥寺也是光看就明白。

但他沒有進一步開口逼迫將輝，而是準備直接離去。

「喬治，我稍微想了一下。」

不過，將輝叫住他了。

「態度這麼鄭重，怎麼了？」

「不，這不是多麼鄭重的話題。」

將輝如此預先聲明，但表情絕不像是要開玩笑。

「剛才的討論簡單來說，問題在於如何判斷局勢吧？」

「嗯，沒錯。」

「要前進、後退還是維持原狀……我覺得臨場判斷是個人戰層級的事，和戰術模擬似乎不太有關係呢。」

「也不是那樣喔。在見機行事的意義上，部隊戰術和個人戰術的本質沒有兩樣。」

「就算這麼說，臨場判斷近乎反射動作，算是一種直覺吧？既然這樣，若要磨練個人等級的戰術眼光，果然不應該是多加練習模擬戰……」

「將輝……我們在『祕碑解碼』敗給第一高中的原因，在於如何在部隊戰術的範圍進行個人戰此一部分。磨練部隊等級的戰術眼光果然還是不可或缺。」

「但既然是部隊戰術，採納優秀軍師的意見比較重要吧？」

「也是啦……所以才有軍師這個職務。」

吉祥寺頗為猶豫地同意這個說法，使得將輝露出莫名愉快的笑容。

「那就沒問題了。因為我有喬治這位優秀的軍師。」

這是重創吉祥寺的一記暗算。

對吉祥寺來說，將輝這句話是過於甜美的一擊。

吉祥寺得耗費龐大的精神力，才能繃緊表情避免笑開懷。

「……將輝，就算奉承我也不行喔。因為主將肩負的職責，就是要對軍師所提出的作戰方案

進行定奪呢。」

將輝嘀咕「我又不是在奉承」，吉祥寺向他道別之後轉過身去。

臉部肌肉即將達到忍耐極限。

幸好似乎沒被將輝發現。

要是被他發現，吉祥寺肯定會難為情到無法思考這種事。

（將輝，我會成為你最優秀的軍師。永遠是只屬於你一個人的軍師。所以請你一定要成為最優秀的將領。）

九校戰至今一直在乎的那個勁敵，以及將輝心儀的那位妹妹，都從吉祥寺的腦中消失了。恩人將輝需要他，這個事實令他滿心喜悅。

The irregular at magic high school

Memories of the Summer

〔八月三十一日（1）〕

西元二〇九五年八月三十一日，是魔法科高中學生的最後一天暑假。理工或文科高中大部分都已經進入新學期，藝術或體育高中的暑假大多持續到九月中，所以魔法科高中學生的暑假算是平均長度。順帶一提，八月三日至八月十二日是進行九校戰的日子，但代表隊成員沒有「延長暑假」這種專屬特典。

即使進入二十一世紀，長假依然有課業（作業）相伴，所以學生們在暑假最後一天含淚——也可能真的落淚——奮戰未完成的試題，或是面對只有標題之空白文書檔的樣子，是在日本全國都觀測得到的風情畫。但並非所有學生都如此不認真（？），這也是事實。和就讀國立魔法大學附設第一高中一年級的這對兄妹一樣，悠閒在家裡度過暑假最後一天的少年少女，也絕對不是少數派——不過兄妹倆一大早就享用茶點、快樂閒聊的優雅（？）度日方式或許算罕見。

「深雪，完成了。」

「謝謝哥哥，抱歉勞煩您做這種無聊的事情……」

「只是製作碎冰，花不了多少工夫。」

達也將冰錐放在餐桌，忍不住對妹妹的誇張話語微微一笑。

深雪跟著露出文雅笑容。她手上是耐熱玻璃製成的咖啡壺，漆黑液體在壺內搖晃。

深雪以魔法製作透明冰塊（從容器底部往上凍結以免遺留氣泡），達也不使用魔法，而是以冰錐敲成碎冰（要是以達也的魔法粉碎，會成為雪花冰），然後注入泡得較濃的咖啡。

飯廳洋溢著馥郁的香氣。

為了避免香氣繼續消散，深雪以冷空氣薄膜蓋住有著圓弧輪廓的大杯子，將兩人份的冰咖啡放在托盤端起來。

達也對她無意中展現的高階技術瞇細雙眼。

察覺到哥哥視線的深雪露出害羞笑容，輕盈轉過身去。

達也與深雪在面對小庭院的一樓房間——原本當成客房，如今連床舖也收掉，完全成為空房——擺上桌子，將窗戶與窗框完全打開，心情上當成置身於度假地，在露臺享受咖啡時光。

雖然這麼說，其實深雪勤快地來回服務達也，甚至無暇把椅子坐熱，但她自己樂在其中，旁人對這種事說三道四只是不解風情。

可能是後來總算心滿意足了，深雪脫下低調附帶荷葉邊的白色圍裙，不是隔著圓桌和達也相對而坐，而是坐在他身旁。

圍裙底下是一件肩帶較寬，雪白手臂一覽無遺的薄連身裙。達也對這件清涼圓點花紋的夏季洋裝有印象。

「您發現了？」

深雪敏銳地解讀達也的視線，在他開口之前就靦腆詢問。

「當然，很適合妳。」

達也毫無開玩笑成分的稱讚，使得深雪稍微臉紅。

「真是的，哥哥只會這麼說。」

「因為我真的這麼認為。我一開始就說了吧？何況我不會送妳不適合的東西。」

達也以若無其事的表情（對照世間常識是如此）說出用在妹妹身上不太搭的熱情話語，深雪臉頰因而正式羞紅。

「呃，那個……謝謝稱讚。」

羞澀卻開心的深雪揚起視線窺視。承受這對視線的達也，喚醒了當天的記憶。記得買這件衣服給她時，她也是這樣的表情。

〔八月十四日（1）〕

九校戰結束兩天後的八月十四日，達也與深雪來到市中心的購物大樓。兩人都是高中生，而且現在是暑假，要購物應該不用刻意挑週日到市中心，但他們這麼做當然有原因。達也從明天十五號到十八號，要出席ＦＬＴ開發第三課的飛行演算裝置商品化會議。下週二至週四預定參加獨立魔裝大隊的野外演習暨軍事會議。既然這兩週都只有週末有空，達也認為不應該拖太久。

說到究竟什麼事不應該拖太久，其實是達也想買深雪喜歡的東西給她，作為她在「幻境摘星」奪冠的獎賞。不是「禮物」而是「獎賞」令深雪有點鬧彆扭，但無論以什麼名目贈禮，她看起來都很高興。像現在也是愉快地走在達也身旁。但深雪不是單純因為收到禮物而高興，是因為收到達也的禮物而高興。現在的達也還無法理解這種細微卻深遠的差異。

深雪今天身上的服裝，是袖子半透明的深色上衣、長到腳踝的白色系裙子與涼鞋，再戴上寬邊草帽。這是私人外出行程，穿得清涼一點也無妨，但深雪一如往常，只要「不是在家裡」就會穿得很保守。

另一方面，達也上半身穿Ｔ恤，加披一件寬鬆襯衫代替外套，下半身是彈性合成纖維長褲。褲子看起來很貼身，卻是很透氣的夏季布料，即使確實包覆到腳踝也沒有表面上看起來那麼熱。不過他除了脖子以上與手腕以下都包得緊緊的，這一點和深雪大同小異。

女性喜歡購物的個性至今依然沒變，是堪稱常識的傾向。尤其是年輕女孩，即使二十一世紀已進入最後十年，她們依然喜歡購物。至於女孩的購物模式大致可以分為三種：

第一種是把重點該買的東西先買好。

第二種是把重點該買的東西留到最後再買。

第三種應該是最常見的，就是即使有重點該買的東西，卻頻頻分心到處閒逛。

深雪屬於第一種模式。昨天達也詢問「想要什麼禮物」的時候，深雪稍微思考就回答「夏用連身裙」。或許是因為她在搭車往返九校戰時，看到真由美的夏季洋裝造型而受到刺激吧。至少達也抵達目的地就如此認為。因為深雪帶達也前來的購物大樓內部服飾店，正集中展示這一類的連身裙。這些衣服的設計風格，和深雪現在身上衣服的方向性差很多，但是達也看著身穿清涼夏季洋裝的假人模特兒，認為妹妹偶爾挑戰一下也無妨。

另一方面，深雪同樣看著達也注視的這件衣服，露出有些畏縮的表情。不，嚴格來說，他們看的東西並不相同。深雪看的是假人模特兒身上夏季洋裝的價格標籤。

「深雪，不用客氣，妳也知道我收入有多少。」

即使叫作「價格標籤」，但是和一百年前不同，現在是以AR技術的虛擬標籤顯示售價。如果要確認售價，必須執行所有人當然會帶的情報終端機的AR應用程式，所以深雪在看夏季洋裝的哪裡，都瞞不過達也的目光。

達也同樣已經執行AR應用程式看過虛擬標籤。標價沒有出乎他的預料。

這裡是深雪中意的店。

不可能販賣便宜貨。

何況，達也對深雪說的這番話絕對不是逞強。雖說價碼偏高，終究不過只是適合年輕人的服飾店。不會達到高級時裝店那種天價。達也是托拉斯．西爾弗之一，這種金額可說是完全不會令他感到負擔。

暗示財力的行為，依照對象不同可能會招致反感，但深雪似乎因而下定決心。或許是認為客氣的話反而對哥哥失禮吧。她臉上的表情拋開了猶豫，開始欣賞假人模特兒與立體衣架所展示的各種連身裙。

不是使用３Ｄ影像，而是展示實物，光是如此就可以知道這裡是高級店鋪。如今不只是以低價為賣點的量販店，中階服飾店也是以３Ｄ影像展示商品為主流。試穿也幾乎都是只提供合成影像。至於無法確認布料質感的問題，則是以「接受退貨」解決。不過這間店可以試穿樣品，是現今少見的店鋪。

深雪大致在店裡逛一圈之後，找來店員指著三件連身裙。店員滿臉笑容點頭回應她的試穿要求。看來不像是單純的商業笑容，達也認為店員或許隱藏著想利用深雪當代言人的企圖。

這種想利用深雪的心態並不少見，而且也不是能答應的事情。即使是限定區域播送的廣告，達也同樣不會讓深雪擔任模特兒。應該說，不想讓深雪暴露在不特定多數人的好色視線之中，才是達也的真心話。

但這間店不愧是屬於（比較）高級的服飾店，店員沒有冒昧到忽然提議這種事。這名女性店員維持笑容進入倉儲室，立刻拿試穿用的樣品過來。雖說是樣品，但每次收回去都會自動清洗殺菌，所以接過來的時候無須遲疑。深雪就這樣在拿樣品前來的店員帶領之下前往試衣間。

達也決定坐在店裡長椅等候。反正有事店員會來找他，即使不是如此，只要深雪有狀況，達也會立刻知道。達也就這樣開啟最常用來打發時間的書籍網站。但他沒能閱讀行動終端裝置顯示的字串。因為他打開網站沒多久，剛才那名店員就站在斜前方，眼神像是在觀察他的臉色。

「什麼事？」

其實達也可以等待對方主動搭話，不過越是接受待客禮儀訓練的店員，越難對明顯在等人的顧客（正確來說是陪客）搭話。如此心想的達也決定主動開口。

「想和客人商量一件事……」

「要換個地方談嗎？」

達也覺得應該是得保密的話題，不過他似乎想得太誇張了。

「不，請您撥點時間就好。」

達也輕輕點頭允諾之後，店員臉上隱藏的緊張消失了。

「方便的話，您女伴購買的衣服……」

「還沒決定要買就是了。」

達也冷漠打斷這番有些心急的話語，使得店員慌張點頭。

「這是當然！假設兩位購買本店服裝的話……」

「但如果妹妹喜歡，我當然會買。」

「謝謝您！」

達也並不是故意要惡整店員。他自認是進行理所當然的對答，卻感覺店員反應過度。或許他可以對店員講得委婉一點，但如今這種事不成問題。

「所以，請問有什麼事？」

離題的元兇是達也，但他若無其事地催促店員進入正題。

「啊，是的。」

這名店員的臉上絲毫沒有露出難色，大概是服飾店員工教育的成果。但也可能只是完全被達也捉弄就是了。

「如果兩位中意本店的商品，方便在結帳之後直接穿在身上嗎？」

回到正題，店員的「商量」乍聽之下很奇妙。不，這項委託本身並不奇怪。這裡販售的是成衣，而且是不太需要修改的夏季無袖連身裙。以這種擁有倉儲室的店鋪來說，客人結帳之後直接穿在身上離開，應該不是稀奇的事情。奇妙的是「店員主動要求」這麼做。

「意思是要她穿著貴店的衣服到處逛？」

但達也沒有詢問理由，因為他立刻明白店員……不，應該說這間服飾店的意圖。他們想讓深雪成為這間店的活廣告。

「是的。相對的，價格上會給個方便。」

看來店員也知道達也察覺店家這邊的目的，立刻主動提供折扣。看來這名女店員不同於年輕的外表，很會做生意。

打折的提議並不會很吸引達也。但是達也基於其他理由，對店員的委託感興趣。

「真的只有這樣吧？禁止攝影喔。」

「那當然，絕對不會侵害兩位的隱私權。」

「方便拿店裡沒展示的衣服給我們看嗎？」

「樂意之至。」

達也覺得這樣還不錯。

和店員的「商量」告一段落時，另一名店員來到達也面前，原因是深雪找他。達也絲毫沒露出抗拒表情就輕盈起身。畢竟這是預料中的事，即使不是如此，他也沒有抗拒的理由。

「哥哥，您覺得如何……？」

試衣間的門開著。深雪以看得見背部的等身大三面鏡（為了防止偷拍，這種地方並沒有裝監視器）為背景靦腆詢問。她身穿以淡灰色為基調的無袖連衣裙。

「高雅的設計很適合妳，不過應該可以稍微華美一點。」

過膝裙的簡單設計，和深雪的高雅美貌非常搭配，但達也覺得有點保守過頭。

「這樣嗎……？那麼，請稍等一下。」

深雪鞠躬致意之後關上了門。裡頭隱約響起衣服摩擦聲。接下來的片刻沉默，可能是在整理衣襬與頭髮。

「久等了。這件如何？」

這次深雪的表情與其說靦腆，應該說是明顯害羞，沒有正對達也的目光就徵詢意見。達也認為這件衣服和她平常的外出服完全是兩種傾向，她才會更加不好意思。

這次深雪身穿細肩帶格紋連身裙。頸子到香肩完全裸露在外。裙子也很短，距離膝蓋五公分以上，青澀之中帶著令人暈眩的豔麗。

「嗯，好看。有種移不開目光的感覺。」

「沒那回事……」

達也率直的感想令深雪臉紅，這部分可以理解。但比深雪年長許多的店員都滿臉通紅，不曉得是因為深雪的豔麗，還是達也過於正直的感想。

「還有一件吧？不喜歡那件嗎？」

「不……那麼，哥哥願意也幫我看那一件嗎？」

再度進行更衣程序。

這次所穿的夏季洋裝，清涼程度大約在前兩件中間。不過明顯收腰的設計，使得輪廓強調出胸部與腰部線條。

「那個……怎麼樣呢？」

即使沒有第二件連身裙清涼，這件卻更加強調性感氣息。深雪應該是穿上之後發現這一點，才會害羞到這種程度。

如果胸部或腰部曲線不夠明顯，穿上這種設計就不好看，但是出乎意料適合深雪。達也每週調校ＣＡＤ都會看到妹妹只穿內衣褲的樣子，所以應該很清楚她的身體順利發育中。不過像這樣加上客觀（？）標準審視，就知道她比想像中更加成熟。醞釀出不同於剛才的細肩帶連身裙，恐怕是這個年紀特有的不協調魅力。

「傷腦筋，連我都快失去理性了。」

「…………」

達也的露骨稱讚，使得深雪臉蛋變得更紅，默默關上試衣間。

後來深雪也繼續試穿（應該說進行以試穿為名目的服裝秀）。達也每次都直言稱讚妹妹，像是不曉得「羞恥」兩個字怎麼寫，使得深雪每次都（連同哥哥的份）感到難為情。即使如此，她依然順從達也的要求繼續試穿。這肯定是因為被哥哥稱讚令她很開心，甚至不在意造成臉部血管或心臟的負擔。

深雪沒有當模特兒的經驗。即使擁有連世界頂級模特兒都會落荒而逃的美貌，也沒有專業模特兒的技能。沒有學到快速換裝的本領。

這段話的意思簡單來說，就是她既然試穿這麼多次，自然花費了不少時間。試衣間關上時當然看不見內部狀況，但深雪對達也展露身上衣著時，從店裡的商品展示區也看得到她。深雪偶爾會走出試衣間，依照達也的要求輕盈轉圈或擺出上相姿勢，使得試衣間周圍形成一道人牆。

眾人當然不是露骨地佇足圍成一道人牆觀看。如果變成這種狀況，達也不會視而不見，而且店員會在他展開行動之前鄭重請客人離開。所以並不是靜止的人牆，是不時看向這裡的年輕人遠遠圍成一圈。而且他們緩緩走動，假裝在欣賞假人模特兒，卻無論如何都無法移開目光。

這裡所說的年輕人並非都是年輕男性。雖然也包括男性，女性人數卻明顯比較多。畢竟這裡是女裝店，男性如果沒有異性相伴難免不敢進入。實際上，店裡的男性客人是三比一的少數派，大多是被年輕女性帶來的大學生或年輕上班族，恐怕只有達也是男高中生吧。不過幾乎沒人看出他其實是高中生。

單獨的女性客人，或是只以女性組成的團體客人，都是以讚賞又羨慕的眼神看向深雪，然後立刻移開目光。等到試衣間響起關門聲就放鬆肩膀力氣，試衣間響起開門聲時，再度像是著迷般以隱藏畏懼的表情偷看深雪。

基於這一點，由男性帶來──或者是帶男性隨行──的女性客人，精神狀態或許比較正常。她們朝著身旁像是靈魂出竅入迷看著深雪的男友（是哪種類型的男友就不能一概而論）進行踩腳、肘擊側腹或指甲抓背的刑罰。另一方面，她們也羨慕看著毫不害羞也毫不猶豫地誇獎深雪的達也，朝身旁男性投以責備的眼神，讓「男友」莫名慌張。簡單來說，她們是藉由向身旁的男性亂發脾氣，得以恢復情緒平衡。

達也當然不用說，深雪也察覺到周圍偷看兩人的視線。但達也會區分有害與無害的視線，將無害的視線排除在知覺之外。而且不用特別意識，就能在腦中自動進行這種程序。至於深雪則是能自然地無視於周圍投向她的視線──以她的狀況，要是沒達到這個境界，甚至無法在街上走動──所以這種小事不會成為中止購物的理由。

達也每次都只會說稱讚的話語，卻不是每次說的都一樣。獨占哥哥視線的深雪，盡情享受著近乎酩酊的幸福感，但沒有漏聽哥哥語意的細微差異。在試穿洋裝超過二十件時，深雪拿起保留在試衣間的小圓點連身裙。這是一件可以形容為無袖連身裙或小可愛連身裙，長度沒過膝的夏季洋裝。肩帶加上滾邊蕾絲變得比較寬，胸口與裙襬也以滿滿蕾絲裝飾。雖然頗為清涼卻給人優雅

的印象，象牙色布料上頭點綴的七彩小圓點，也呈現和年齡相符的可愛氣息。

「哥哥，我想選這件連身裙……」

「我也覺得這件最合適。非常可愛。」

深雪選擇這件洋裝的原因，在於哥哥最稱讚這一件。不過再度聽到達也說「可愛」，使得深雪的決心堅定到沒有一絲迷惘介入的餘地。

「那麼……可以請您買這件給我嗎？」

深雪如今不會再說任何有所顧慮的話語。相對的，她盡力展露嬌憐的笑容──在深雪的心情上，這是最適合接受哥哥贈禮的表情──央求達也。

「沒問題。」

另一方面，達也心情上並沒有被強求──被勉強要求的感覺。達也或許平常就認為，金錢最有意義的用途，就是用來買妹妹喜歡的東西給她。達也自己是否有意識到就另當別論。

深雪嬌憐的「央求」，使得看到這一幕的男性們意識凍結。

達也自然展現的大度量，使得女性們發出羨慕的嘆息。

「那麼，我要這件連身裙，還有二號與十七號洋裝。這件就直接讓她穿回家，可以請你們把我妹原本的衣服和其他商品一起寄回去嗎？」

「我明白了。請隨時再度光臨，我們恭候兩位的到來。」

意外遇到貴客的店員，滿心歡喜地點頭回應。

〔八月三十一日（2）〕

「話說回來，沒想到哥哥願意買三件送我。價格明明不便宜……」

深雪大概也回想起當時的事。她開心露出甜美的笑容，只有語氣帶點調皮色彩，像是調侃般對達也這麼說。

「其實我只要這一件就好。哥哥，這就是所謂的『通包』？」

「我可不是白白讓妳換裝二十一次。畢竟難得的暑假時光，我卻沒什麼時間陪妳買東西。難道我做了無謂的事？」

「絕對不是那樣！」

深雪只是一時調皮，講得像是在責備哥哥「浪費錢」一樣。不過，達也正面反擊，使她立刻舉白旗投降。

「那個……我很開心。」

形式上像是被達也駁倒，但深雪一點都不抗拒。不但如此，靦腆抬頭看向哥哥的深雪，和達也之間的距離，反而比剛才更加接近。

「畢竟機會難得……其實我還想陪妳好好挑件浴衣，或是夏季小飾品之類的東西。」

達也露出滿足笑容，注視深雪害羞得恰到好處的表情，卻忽然表情一沉苦悶低語。

「……那不是哥哥的責任。」

深雪將手掌按在達也放在桌上的手背，輕聲溫柔回應。

〔八月十四日（2）〕

即使挑衣服花了不少時間，依然還是上午時分。難得和達也單獨外出的深雪，無法想像「現在就回家」這種糟蹋大好時光的行徑。

幸好達也同樣不是居家型。何況達也今天為了服務家人（服務妹妹）而空出行程。所以兩人沒有產生爭執，自然而然決定就這樣逛到傍晚。

兩人現在所在的地方，是適合年輕女性的時尚大樓。不只是服飾店，販售鞋子、帽子、飾品配件、季節浴衣或泳裝等商品的店舖，從一樓櫛比鱗次直到十四樓。餐廳也都是適合年輕女性的簡餐或甜點店。洋溢的氣氛對男性來說有點高門檻，但如果和女性成對前來就是兩回事。即使對方是妹妹，旁人光看也看不出來。

實際上，如果沒有聽到兩人的對話，應該沒有任何人看出他們是兄妹。不，即使豎耳聆聽，要是沒聽到深雪說出「哥哥」這兩個字，肯定也無從得知。

深雪挽著達也的手臂開心依偎的樣子，怎麼看都是向男友撒嬌的少女。旁人頂多只會酸溜溜在內心咒罵「一點都不登對」。不過會這麼做的應該只有少年，而且後來會背起「居然色瞇瞇地勾引別的女人」這種黑鍋（？），接受同行少女的懲罰——總之，這算是一種既定法則。

如同前文所述，大樓內部盡是適合女性的店舖。只要沒有特殊目的——大部分是為了買禮物取悅女友，或是取悅想追的女性——就不是男性感興趣的地方。如果是經常思考「這種事」的年輕男性，先不提是否快樂，或許能在這裡度過有意義的時間，但至少達也不是這種人。

不過達也完全沒有露出厭煩的表情，陪同深雪仔細逛遍各展示櫥窗。深雪看著螢幕有時眼神閃亮有時不滿蹙眉的樣子，令達也眼神浮現笑意。無論這份情感是先天還是後天，是他人植入或是自己培育，對於達也來說，只要有深雪，地點是市區還是山上應該都沒有兩樣。

這是達也唯一真正能表達的欲望。只要深雪陪伴在身旁，其他條件再怎麼樣都無妨——知道達也隱情的人都能認同這件事。達也與深雪之中，真正依賴對方的或許是達也。

但是拿這件事詢問當事人，應該會得到異口同聲說「（請）不要多管閒事」的回應。或許會遭受到比妨礙戀情更嚴重的處罰。

這種嚴厲的應對，不只是用在毫不客氣的詢問者。
也適用於不長眼的闖入者。
想早點吃午餐而進入義大利麵餐廳的兄妹，朝站在桌旁的年輕男性投以不悅的眼神。
達也與深雪會進入這間店完全是偶然，或者是隨興所致。
他們兩人外出用餐時，幾乎不會挑這種裝潢毫無遮蔽的店。大致都是選擇有包廂或是隔間的店，不然就會受到注目沒辦法用餐。眾人的目光焦點當然是深雪。
今天基於地點特性，顧客幾乎都是女性，就算是男性也有女性相伴，應該不會發生太過分的事情。總之，他們就是抱持這種天真的想法。
然而，在深雪繼達也進入店裡的下一秒，喧嚣聲忽然靜止。甚至就連店員——這種氣氛輕鬆的店，服務生難得不是女性，是男性——都屏息佇立在原地。連達也都沒預料到眾人回以如此敏感的反應。他以為在這種販售時尚的地方，顧客應該對深雪的美貌具有抵抗力，但是實際上，正因為這裡販售時尚，所以很少有機會看到深雪這樣的自然美。
服務生是在達也即將轉身時回過神來。正確順序是他察覺達也準備轉身因而慌張，並以此為契機而回神。難以斷定服務生是否擁有職業意識，但他確實成功留下兩名客人。
即使挑剔到最後，前往其他餐廳也一定會遭受相同待遇。達也就這樣安分跟著帶位的服務生走。至於深雪，她平常就慣於受到注目，所以不成問題。何況只要達也在身旁，其他問題對深雪來說都是小事。

雙人座的位子不是固定式沙發（至少看起來如此），是木製椅子。達也制止服務生拉椅子，自行繞到深雪身後。深雪靦腆轉身簡單致意之後，坐在達也所拉的椅子上。達也坐在她的正對面，朝服務生看了一眼。服務生有些慌張地遞出菜單。達也大方接過就示意要他離開。

達也的舉止充滿不符合年齡的威嚴，受到草率對待的店員也沒有感到不悅。顧客們朝向深雪的視線，在短短一瞬間投向達也。移動視線的幾乎都是女性客人，她們心中的突兀感這時轉換為認同感。至今她們認為「男伴配不上她」，默默批判「看男人的眼光好差」，彌補心中對深雪的敗北感，如今則是改為「兩人很登對」的印象，完全接受敗北的事實。

拋棄競爭心態之後，嫉妒的視線轉變為讚美。即使是成對情侶，反倒是男方更加感受到近似嫉妒的質疑與焦慮。幾乎沒有「男友」完全理解自己的「女友」視線代表的意義，但他們在潛意識——在內心近似本能的部分理解到，奪走他們現任（或未來）女友目光的，不是那名如夢似幻的美麗少女，而是相對而坐的少女與少年組成的比翼佳偶。

達也在周圍偷看的視線之中點完兩人份餐點時，新的角色登上舞臺。是個首屈一指的美女。

她的年紀大約二十歲前後，兼具剛從少女時期畢業的青春活力，以及如同香氣撲鼻的玫瑰花束的奢華豔麗。

無論何時何地，這份美貌都不禁吸引他人目光。

擁有此等美貌的她，展現出充分理解這一點的做作舉止。這種擺架子的動作非常到家，不會引起旁觀者的反感。她應該是受到他人眼光磨練，意識到周圍視線而自我磨練至今，是一名令人感受到這種歷練的美女。

一名應該比較年長的青年，如同隨侍女帝的侍從跟在她身後，這名女性或許是藝人——是女星。在西元二〇九五年的現在，「偶像」寶座幾乎都被寫實的3DCG取代，但「演員」依然是真人擔任的工作。這名女性散發的氣質，即使有人介紹她是一線女星也不突兀。

她為什麼會來這種氣氛輕鬆的餐廳，眾人只能臆測。或許可能只是心血來潮，或是探勘外景地點之類的。不過，唯一能斷言的，就是她進入這種盡是「普通人」光顧的餐廳，店裡的視線肯定會集中在她身上。

她自己就是如此預料。並非基於面子或自尊心，是依照己身經驗所累積昇華而成的法則而預料。已經成為第二本能的演技展現她的魅力，以便接受任何角度的景仰。

然而，她的預測落空了。正如「任何規則都會有例外」的黃金準則，她的經驗法則在這時也碰上了例外。

前來接待她的店員，臉上浮現驚豔與讚賞的表情，卻是比想像中來得沉穩的反應。依照她的經驗，平凡服務生面對她的美貌鮮少能保持冷靜。店裡坐得八成滿的「普通客人」們，被入口附近的小小騷動激發好奇心而轉頭看過來。看到她美貌的人，無論男女皆同樣露出驚訝的表情，卻立刻失去讚嘆的心情，將視線移回店裡或靠牆座位。

正如外表所示，她是女星。出道至今五年，已經建立了穩固的演藝地位。遲鈍的人無法在藝能界生存。CG技術逐年進步，美麗容貌逐漸不再是絕對優勢。她不只是以美貌，更是以超乎常人的敏銳感性與超齡的高明演技得到明星寶座。

不過，即使感性沒有特別敏銳，只要擁有一般的感受性，應該就能得到相同結論。她知道店裡似乎有個比她更受注目的人，並且對此感到不是滋味，甚至堪稱不悅。究竟是怎樣的人物能吸引眾人目光害她被冷落，她在意得無以復加。

但是身為明星的自尊，不容許她和普通人一樣暗自確認（也就是「偷瞄」）。在服務生帶位的時候，她刻意不看其他客人。

然而不曉得是故意還是巧合，她被帶到的座位，就在眾人視線冷落她而集中的座位附近——斜後方。她坐下時假裝不經意看向那張餐桌。坐在那裡的是一對年輕情侶。面對這裡的少年不難看，卻不是很受女性青睞的類型。至少不像是會吸引店裡目光的外表。這麼一來，擄走「普通客人」目光的，應該是背對這裡的少女。

——她的這段思考幾乎來自逞強。既然她還能逞強，代表她確實不「平凡」。其實她微微窺見側臉的瞬間就已經理解，而且光從背影也能被迫理解，這名少女很「特別」。

這是前所未有的感覺。以話語形容就是「絕望的嫉妒」。她不認為自己是天之驕子。她自負能夠爭取到現在的地位，並非是單憑天生比較漂亮的外表，是因為她嚴守生活習慣而更加提升外在，研究如何讓舉止更加美麗，加上不遺餘力學習演技而得。

但這名少女不一樣。不知道是受到上帝寵愛還是和惡魔進行交易，無論如何，這名少女不平凡。不是努力就能達到的次元。

她感到相當沒道理。「無須付出心血」就獨占旁人目光，令她覺得自己至今的努力遭受愚弄。她內心湧出一股衝動，想證明光靠天生麗質無法取得明星寶座。

她向坐在正前方的青年招手示意，朝著從桌面探出上半身的青年耳際低語。

青年將臉湊到正前方招手的美女面前，內心卻思考著另一名女性。

不，或許應該更正為另一名「少女」。

坐在斜後方座位，美得前所未見的少女，「這東西」占據他的意識。

對青年來說，美女是商品，是玩具，是配件。他是知名演藝經紀公司的第三代社長，旗下有好幾名當紅女星，至今將幾十名沒走紅的女星（種子）占為己有。他認為這是理所當然，絲毫沒有罪惡感。眼前這個女人也一樣。雖然現在是走路有風的明星，以前卻只有臉蛋可取，毫無演技可言。青年認為她能擁有現在的地位，都是因為自己從她剛出道就照顧至今，稍微撈點好處是自己付出勞力之後所應得的報酬。更何況，不只是自己，對方也因而得到好處，所以青年認為自己理應受到感謝。

青年帶她來到這種平民餐廳，是因為想拿她炫耀，看看平民們羨慕的表情。配件沒拿來展示就沒有意義。青年自覺這是低俗的嗜好，但也認為演藝經紀公司原本就是低俗的行業。他不知道前人們在娛樂界的戰亂時代——嚴冬時代吃過多少苦。對他而言，經紀公司社長的寶座，只不過是他輕鬆滿足剎那虛榮心的手段。

今天以外景場勘為名義所帶來的這名女性，是青年目前最中意的配件。她的收入並非公司第一，外表卻是「他的女人之中」第一首選。如今她勉強擠進一線女星的行列，無法和沒沒無聞時一樣隨意帶出去閒晃，但相對的，青年覺得自己的優越感更是得到滿足。在他人眼中，女星才是主角，青年只不過是附屬品，但是考量到青年的地位與年齡，他沒辦法讓自己如此客觀。

在青年的觀念裡，她是一級工匠切割琢磨而成的大鑽石。演藝經紀公司的工作是取得原石，交給旗下工匠來切割琢磨。完成的寶石就是名為女星的商品。她確實是在自己手邊精雕細琢的成品，不過即使是其他公司工匠加工的成品，只要開價夠大方，就不是無法收購的商品。

相對的，那名少女並不是用錢買得到的東西。青年第一眼看到她的瞬間就如此認為。如果面

前的女性是時價數千萬圓的大鑽石，那名少女就是無價的「非洲之星」。青年感受到如此大的差距。幸好和少女在一起的，是只有態度有點傲慢的普通孩子。青年熱切希望少女立刻加入自己的收藏行列。但今天他和公司女星同行。如果是旗下其他人就算了，這是頗能賺錢的商品，不能壞了她的心情——青年剩下的理性還足以盤算這種事。

所以眼前女性提議邀請那名少女參與新作電影的演出，剛好順了青年的意。青年假裝稍做思考，始終維持一副「配合女星任性要求」的樣子離席。

達也感覺到，從剛才就有蘊含可愛（溫暖又幼稚的意思）敵意的視線投向這裡。他判斷不會危害到深雪而不予理會，卻也不是令他感到愉快的視線。剛想到這裡，視線源頭——斜前方（對深雪來說是斜後方）座位的青年就起身，不知為何走到他們兄妹的桌邊。

達也與深雪朝著站在桌旁的青年投以不悅的眼神。只是不時偷看就算了，素昧平生的人近距離毫不客氣地注視，兩人當然會感到不愉快。

「抱歉，打擾兩位。」

青年連說話方式都不客氣。用字遣詞姑且維持在正常範圍，語氣卻相當裝熟。

達也不想對這名青年做出善意回應。

深雪雙眼蘊藏冷淡目光，極為自然地轉頭不看青年。

青年面對兩人如此明顯抗拒的樣子也絲毫未有退縮之意。他掛著恭維的笑容，從名片盒取出名片遞給深雪。

「這是我的名片。」

不是內藏晶片型，是只以紙張印製的傳統名片。上頭也沒有印上微型認證，是真的只有文字訊息，古典又廉價的卡片。深雪不得已接過名片，看一眼就遞給達也。

名片上的姓氏和公司名稱相同，姓氏前面的頭銜是社長。公司名稱後半是「經紀公司」。達也推測應該是演藝經紀公司。

「小姐對電影有沒有興趣？」

深雪沒看著青年。

「有個角色很適合妳。」

深雪的態度就像「冷漠」這兩個字的範本，但青年不屈不撓。

「小姐，能請教芳名嗎？」

青年社長如此說著，稍微屈身把臉湊向深雪。完全無視於深雪身上明顯抗拒的氣息。達也見狀有點佩服，這種遲鈍與精神上的強韌，應該是業務員必備又正確的資質吧。

但達也當然同時感到遠勝於佩服的不悅。

深雪終於將移開的眼神投向青年社長。

但是不表示她把態度放得柔和。

深雪雙眼蘊含冰冷的光芒，這是批判對方失禮的嚴厲眼神。

青年社長瞬間露出了怯懦的表情，卻立刻露出像是裝出來……不，完全就是裝出來的恭維笑容，做出朝深雪伸手的失禮舉動。

這個行為的背後，大概是演藝經紀人的志氣在產生作用。把美女、美少女當成「商品」處理的經紀公司社長，卻被圈外人的美貌震懾，使得他自尊受創。

即使如此，這種行為也過於急躁。年紀輕輕就位居高位的人，面對立場較低的人，經常無法控制自己的情緒。看來這名青年同樣擁有這種壞習慣。

不曉得是想握手還是摸臉。

無論如何，達也不可能容許他如此亂來。

青年伸向深雪的手，被不知何時起身的達也抓住。

「你這是——！」

青年任性妄為的抗議聲在中途變成慘叫，而且慘叫聲立刻消失。未知的劇痛使得他連聲音都叫不出來了。

「請回吧。」

達也這句話大概沒傳入青年的意識。扭起青年手臂的達也，手指陷入青年手腕的某個點。這是中醫的一種穴道，隨著力道與角度的不同，按壓將會造成劇痛。青年就是受困於這種意識幾乎遭到漂白的痛楚。

達也鬆手之後，青年蹣跚退後兩三步跌坐在地上。俯視青年的達也面無表情，連一絲嘲笑都沒有，令青年背脊竄出了一股足以忘記劇痛的恐懼。如果遭受嘲笑，還可以用自尊當燃料點燃怒火。即使只是如同仙女棒渺小又短暫的嘲笑火苗也行。然而這雙毫無感情，只告知「你很礙事」的視線，甚至不准青年有所反感。

青年緊繃著臉，沒有從達也身上移開視線——無法移開視線——一邊後退一邊搖晃起身。這名青年還算是頗有膽量，即使實際承受劇痛又遭受毫不猶豫使用暴力的眼光注視，至少也沒有嚇到軟腳。如果是個性懦弱的人，在這種狀況失禁也不奇怪。

但青年陪同的女性似乎不這麼認為。忽然響起椅腳和地板粗魯摩擦的聲音，轉頭一看，那名美女傲然挺胸，以高跟涼鞋踩出清脆的聲音快步走出餐廳。對青年看都不看一眼。

店員至此總算有所動作。兩名服務生貼心地避免發出吵雜的腳步聲而快步走來。不是走向達也，而是青年。

服務生以鄭重的態度，使用青年才聽得到的音量低語。青年聽完立刻漲紅臉，但他似乎留著某種程度的理性，回話時沒有大呼小叫，旁人只聽得到「你以為我是誰」或是「沒得商量」這種音量較大的字句，但達也不想硬是聆聽對話內容。服務生沒有採取強制動作，卻左右包夾青年施加精神壓力請他離開。達也確認這一點就回到自己座位。

如同等候達也坐下，一名身穿白色廚師服，年約四十歲左右的男性來到桌旁。這名男性先自我介紹是店長兼主廚當開場白，接著朝達也與深雪深深低頭致歉。

「非常抱歉，害兩位留下不好的回憶。」

「不，我們才為貴店添麻煩了。抱歉鬧出那樣的風波。」

雖說達也才不過十六歲，卻經常和成年人打交道。只要對方確實遵守禮儀，他再怎麼樣也能夠以常理應對。

達也穩重的舉止，使得店長眼神稍微柔和，大概是覺得這名客人少年老成吧。

「絕非如此。鬧出風波的是另外兩位，客人您只是被纏上罷了。」

即使已經二十一世紀末，「鬧事雙方都有錯」的惡習依然在社會根深柢固，不過這位店長似乎不喜歡這種壞習性，畢竟這樣只會讓責任歸屬不了了之。

「感謝店長願意這麼說。」

達也很欣賞這種是非分明的態度。他不必刻意注重表面工夫，自然地行禮致意。

「我們店員反應慢半拍，才會造成剛才的狀況。不介意的話，請兩位繼續享受本店料理。而且當然是由本店招待。」

店長說完之後，不等達也反駁就回到廚房。

和店內氣氛輕鬆的裝潢風格無關，料理的味道極為令人滿意。繼前菜端上桌的湯品與主餐義大利麵，得以窺見店長固執又率直的個性，都是不耍小伎倆正面對決的美味。於是達也與深雪都盡情大快朵頤。

最後上桌的甜點尤其令深雪著迷。這是一塊四號尺寸（直徑十二公分）的薄層冰淇淋蛋糕。將配料壓抑在點綴程度的這道甜品，散發著濃郁的香草氣息，也是不耍小伎倆的正統美食。不會太硬也不會太軟，在口中綿密融化的冰涼口感，令人覺得用在更高級的餐廳也不是問題。

而且，讓深雪開心的不只是味道與口感。在年輕服務生中比較年長，應該是領班階級的年輕人，端來的蛋糕是一份，湯匙有兩根，沒有分食盤。湯匙的握柄長得不太自然，感覺不適合當成自用的餐具。

服務生把餐盤與湯匙擺在餐桌中央，以像是演戲的沉穩聲音向兩人低語：

「出色的男性服務可愛的女性，可愛的女性服務出色的男性。希望能為登對的兩人獻上一段甜蜜的時光。」

這恐怕是這種地方才有，寫在劇本裡的臺詞。

不過，深雪似乎當真接受了。她羞紅著臉頰，非常開心地露出了微笑，以湯匙挖起冰淇淋伸到達也嘴邊。

——像這樣以近乎羞恥遊戲的甜點結束這一餐的達也，拿起正如店長允諾免費的帳單，不是達也以出乎意料的爽快（但包含些許難為情）心情用完午餐，但世間沒有光明到讓剛才的事件就此結束。走到美食街通往購物區的下行電扶梯時，眼前的光景令達也蹙眉。深雪也因為厭惡感而蹙眉，把身體半藏在哥哥身後。

剛才在餐廳搭話的演藝經紀公司青年社長站在兄妹面前。女伴不在場，恐怕是扔下青年離開了。相對的，這次他帶著四名長相和體格成反比（也就是長相很差、體格很好）的隨從。

「剛才竟敢害我丟臉。」

青年以厭惡情緒畢露的聲音說著。他姑且有克制音量，但隨時放聲大吼也不奇怪。

這種充滿了嘍囉氣息的制式臺詞是怎麼回事——達也如此心想，不過他目前並沒有主動挑起戰端的意思。

「我剛才也說過，請回吧。」

達也不想主動挑釁卻說出這種話，所以也很難說他抱持和平心態。達也終究沒說出「那個女人就是因為你度量這麼小才跑掉」這種話，但語氣毫不掩飾侮蔑之意。他即使沒有主動挑釁，應該也樂於接受對方挑戰。

真是如此的話，達也這番話效果顯著。

「……想磕頭道歉就趁現在啊。」

「你要在這種地方鬧事嗎？」

話說回來，對方的話語與態度相當淺顯易懂，他難道想在這種人多的地方引發暴力衝突？達也反倒是擔心青年的社會立場才這麼說。

「少囉唆，仿冒人類的魔法師。」

然而對方這番粗暴的言辭，足以消除達也的顧慮與猶豫。

達也移動身體，讓深雪完全不在青年的視線範圍，收起臉上表情，靜靜瞇細雙眼。

青年露出滿足的嘲笑，不曉得他如何誤解達也的變化。

「我就覺得好像在哪裡看過你，是在九校什麼的轉播吧？還以為找到一顆大原石，原來是天大的贗品。」

這名青年大概深信「魔法師是操作基因創造的人造人」這謠言。即使如今這種人減少很多，但依然有人堅信這種事。達也擁有這方面的知識與見聞，所以青年這番話不令他意外。

「你說謊。」

青年這番話，只令他感到虛假。

「你今天第一次見到我妹。如果你看過九校戰的她，即使看到的只是影像，你這種凡夫俗子也不可能敢站在我妹面前。」

周圍開始洋溢寒冷氣息。不是雪或冰帶來的冷氣，是無瑕鋼刃散發的寒氣。

「怎麼回事，你有戀妹情結？」

青年完全扭曲嘴唇，露出嘲笑的表情——不過臉色蒼白，聲音顫抖。

達也沒有回應青年的揶揄，甚至完全無視於青年這番話，接續自己剛才的話語。

「大概是那些跟班告訴你的吧？」

即使是膽小的居家犬吠叫，達也的個性也沒有細膩到會在意這種事。而且即使對方是無力的居家犬，達也的個性也沒有寬容到會不予過問。

「我勸你，還是在丟人現眼之前離開比較好吧？不，還是我得改口說『在尿褲子之前離開』你才聽得懂？」

不是自己受辱，是深雪受辱。達也毫無理由息事寧人。

達也朝青年踏出一步。青年的跟班緊張地繃緊身體，感覺不到他們有職業隨扈的實力，但應該有相當程度的經驗。可惜終究只是在街頭打架的等級。雖然服裝看起來不像，不過達也推測這四人大概是幫派分子。即使「藝能經紀公司與暴力集團來往密切」的說法並非總是成立，至少也不是空穴來風。

「你們怕什麼怕！魔法師在市區不能使用魔法，他們就是這樣設定的！」

看來這名青年，將魔法師相關的都市傳說不假思索地照單全收了。

魔法師在市區不使用魔法，是因為法律限制魔法的使用，並不是受到那種精神操作或機械控制。何況法律只規定沒有正當理由禁止施展魔法，要是發生意外或災害，就會鼓勵以魔法進行救難行動，若是符合正當防衛的條件也准許使用魔法。

看來這些跟班的流氓們不像青年社長那麼天真相信都市傳說。他們將手放在腰後——大概是褲袋插著折疊刀——慎重觀察達也的動作。

達也走到第二步停下來，張開雙手與肩同高。他不是舉手投降。他輕輕揮動雙手，表示自己手上沒有任何東西。

這個動作讓流氓們感覺「被瞧不起了」。他們不知道ＣＡＤ的形狀與操作方法，但知道魔法師是以小型機器使用魔法。他們將達也的動作解釋成「應付你們不需要使用魔法」的宣言。

這是正確的解釋。達也真的是以「應付你們不需要使用魔法」的意思挑釁對方。

挑釁立刻得到效果。他們原本就是幫派低階成員——所謂的小混混。只是因為青年社長緊急找人，幫派隨便派來湊數的小人物。這種小混混幾乎都容易被激怒。

流氓們抽出折疊刀，同時攻向達也。

現在的暴力集團，一般都會對成員進行組織戰鬥訓練。因為在這個一般百姓組織自衛隊都理所當然的時代，即使幫派是暴力專家，要是連戰鬥默契都沒有，就難以隨心取得利益。

左右各兩人，錯開時間以刀子連環攻擊。

響起年輕女性的尖叫聲。

不是深雪的尖叫聲。

深雪不發一語，面不改色，甚至以從容表情看著達也的背。

這是對哥哥身手的絕對信任。

這份信任不可能背叛深雪。

僅僅四招。一人一記。正確命中要害的拳擊，使得幫派分子倒地。

達也繼續前進。

達也前進一步，青年社長後退兩步。

青年至此停下腳步。他察覺撞到某人的下一瞬間，雙手就從兩側被架住，並且被迫跪下。青年慌張轉頭一看，身穿制服的警員映入他的眼簾。

警員是總共八人的小組。兩人壓制青年社長，四人將倒地的幫派分子銬上手銬，另外兩人站在達也面前。

深雪走到達也身後。警員交互看著達也與深雪，以含糊的語氣說：

「那個……我們想做個偵訊，可以請你們一起到警局一趟嗎？」

警員出乎預料的低姿態，使得達也不禁感到驚訝。他雖然是正當防衛，卻在大庭廣眾之下施展暴力，即使被當成現行犯逮捕也不奇怪。

仔細一看，警員左手戴著手鐲造型ＣＡＤ，代表這名警員是魔法師。所以他可能知道達也與深雪是魔法師而想護短。即使如此，這種略顯驚恐的態度也令達也在意。

「呃～此外……」

和率先搭話的警員不同的另一名警員像是難以啟齒，說到這裡就支支吾吾。他腰間佩帶手槍造型ＣＡＤ。

警員將手放到腰後，大概是要拿手銬。

深雪揚起眉角，達也不用轉身就察覺她的反應，以手勢要她自重。

警員的手伸到兩人面前。不，應該說伸到深雪面前。

他手上拿的不是警察手冊，大概是私人手冊。

「……妳是參加今年九校戰的司波深雪對吧？我們是一高的校友……如果不介意的話……那個……請簽名。」

另一名警員遞出這個時代難得一見的傳統鋼筆。

深雪轉頭和達也相視之後，朝兩名警員露出甜美的微笑。

〔八月三十一日（3）〕

「沒想到會在那種地方遇見畢業校友。」

深雪回想起那天的光景，嘻嘻地發出笑聲。達也同樣也露出了失笑的表情，如同取回當時忍住的笑意一樣。

「不過仔細想想，這不是多麼意外的事。關東的魔法科高中只有第一高中，所以在東京擔任警察的魔法師，幾乎都是第一高中的校友。」

「說得也是。無論如何，因為他們是深雪的粉絲，我們才沒有在警局待太久……換句話說是託深雪的福。真的幫了大忙。」

「不用客氣，能成為哥哥的助力是最好的。」

「但他們後來邀約喝茶聊天就很頭痛。費了好大的工夫才婉拒。」

「哎呀，哥哥，這可不是深雪的錯喔。」

兩人轉頭相視，再度破顏而笑。

深雪含住吸管，她的杯子因而見底。

達也的杯子也在剛才就剩下冰塊。

達也看到妹妹嘴唇移開吸管看過來，就從椅子起身。

「那麼，銀行也開了，差不多就出門吧。」

「也對。哥哥，我要收拾杯子，方便等我一下嗎？」

「不，一起收拾吧。」

達也說完之後不等深雪抗議，就迅速拿走她手上的托盤。動作看似粗暴，卻連杯子裡的冰塊都沒有互相撞擊發出摩擦聲。臉上有點不滿的深雪，以隱約透露真正心情的輕盈腳步，跟著達也的腳步前往廚房。

所謂的「去銀行」並不是要提款。代替皮夾的電子錢包，以及身分審核機制進化而成的貨幣卡普及之後，現金的用途極為受限。雖說如此，他們也不是去辦理存匯或補摺。存匯與交易紀錄幾乎全部改為網路作業，只有特殊狀況要親自到銀行辦理。

達也來銀行的用意，是將網路服務必備的ＩＤ更新。並沒有規定多久要更新ＩＤ一次。即使從初次設定就未曾更新，依然能毫無問題使用各種服務。畢竟使用服務時所需的是ＩＤ，而不是更新ＩＤ。更新ＩＤ是資訊安全層級控制的一環，不是線上更新認證資料，而是親自到分行辦理手續，藉以更加強化資訊安全度。

達也固定每三個月更新一次ＩＤ。更新ＩＤ的間隔時間平均是半年，三個月更新屬於比較高的頻率。不過有些神經質的使用者每週都更新，所以相較之下也不到稀奇的程度。

達也與深雪在冷氣夠強的分行裡，緊密並肩等候叫號。這麼做不是因為冷，他們從電車車站到這間分行的炎熱路程，也像這樣相互依偎。

這麼做是幫深雪擋搭訕。看來輕浮的同年代少年，大多認為深雪從一開始就不會理會，所以很少搭訕；但一旦被他們纏上，就得花費好一番工夫才能讓他們打退堂鼓。所以兩人上街都會刻意事先假扮為情侶。

深雪之所以想和達也外出，與其說是想買什麼東西、想去哪個地方或是想看何種表演，像這樣黏著哥哥或許才是主要目的。即使位於銀行等候區這種毫無樂趣可言的地方，深雪心情依然非常好，這就是證據——是沒有辯解餘地的戀兄情結。

先不提這個。由於現金用途有限，現代銀行保管的現金沒有以前那麼多。即使存放大量代替現金的貨幣卡，但是發卡銀行可以透過系統凍結使用。而且貨幣卡和支票不同，不是背書交易的東西，凍結使用權只有當事人會傷腦筋。因此銀行搶匪如今就像是瀕臨絕種的生物一樣，很少有機會能遇見。

——本應如此。

「還真是遇到稀奇的東西了……」

達也他們，現在就位於瀕臨絕種生物的活動現場。

四名男性一衝進分行，就高舉外型粗糙的改造手槍恐嚇行員與顧客。在這種炎炎夏日卻戴著只露出眼睛的毛線帽，看起來很復古。而且他們身上穿的是骯髒外套，還把一個大型波士頓包放在櫃臺。徹底遵守傳統作風到這種程度，差點令人誤以為是什麼娛樂表演。不過看他們拚命朝櫃臺行員大吼，應該是真正的銀行搶匪。

「哥哥，您意下如何？」

深雪維持肩膀相觸的姿勢抬頭，以一如往常的聲音詢問達也。

「您不介意的話，就由我……」

她心懷一如往常的想法，認為這種程度的事，無須勞煩達也出手。

「不，我們沒必要出手。」

達也笑著摟住深雪肩膀，輕拍兩下安撫她。

深雪開心地依偎在達也胸口。

這種態度明顯反映他們不只是沒把銀行搶匪看在眼裡，也不在乎其他神色不安地身體緊繃的客人。在肅殺空氣之中營造溫馨甜蜜氣氛的兩人，顯眼程度當然不用說。

為了達也的名譽（？）做個解釋吧。他不是為了和妹妹調情而回答沒必要出手。他的行為始終是為了安撫心急想幫忙的妹妹。搶銀行在現代已是罕見的犯罪行徑，但銀行的保全體制並未因而鬆懈，只以改造手槍搶銀行絕對不會成功。

這一點在客人們面前得到證實。原本就透明的櫃臺隔板，伸高到天花板變得無法跨越。在隔板內側，另一道半透明隔板從天花板下降，封鎖行員前方空出來的窗口。

放在窗口的波士頓包幾乎像是要碎開似地被壓爛。兩塊隔板升降的速度，讓人覺得如果搶匪把手放在那裡，即使沒斷也免不了嚴重骨折。

一名搶匪朝隔板開槍。子彈陷入第一片隔板就停止。看來外側的透明隔板，是以類似高黏度液體的材料製成。應該是防止跳彈造成二度傷害。達也見狀佩服銀行考量得如此周到。

銀行搶匪不曉得在嘀咕咒罵什麼，轉身看向大廳。看著這名男性的達也，移開視線避免和他四目相對。搶匪目光投向深雪的臉，忽然被注視的深雪（這是她的感覺）慌張低頭。達也依然摟著妹妹肩膀。

從蒙面毛帽隱約窺見銀行搶匪眼角上揚。大廳客人都短暫忘記緊張與恐怖的情緒，臉上浮現掃興的表情，所以也不能斷定這名搶匪特別易怒。總之達也他們肯定被銀行搶匪盯上了。

達也對於惡意視線很敏感，不然他無法擔任隨扈。他當然知道搶匪正以憎恨的目光投向他們倆，也看出對方眼中隱含嗜虐的光芒。

深雪同樣察覺搶匪以嗜虐的視線看著她。她更用力依偎在達也胸口。這是看似對搶匪視線感到害怕的舉動。搶匪也這麼認為，蒙面毛帽裡的嘴唇滿足地扭曲。但是只隔著單薄衣物和深雪肌

膚相觸的達也，知道深雪身體完全沒有無謂地使力。妹妹沒有緊張。只有臉上表情看似畏懼，背地裡只是開心和自己嬉戲，達也不用思考就明白這一點。

達也把差點露出的苦笑，塞在如同鐵面具一般的撲克臉後方。他期待自己不要演得太假，裝出努力壓抑不安情緒的表情，更加用力地抱住深雪。雖然並非總是如此，但他生性挺喜歡順應局勢稍微使壞。

四名銀行搶匪的目光集中在達也他們身上。蒙面毛帽遮住兩端上揚的嘴唇，但只看搶匪們露出來的雙眼，就知道他們笑得不懷好意。應該是達也與深雪的演技激發他們的嗜虐心吧。

達也稍微誇張地顫抖。他心想自己演得很差，但搶匪們似乎非常滿足。

他們的注意力從大廳其他客人移開。這間銀行連跳彈問題都考量到的保全體制，不可能只以隔離大廳與櫃臺就結束，但他們沒有多加警覺。

搶匪們的意識集中在他們這對情侶的下一瞬間，大廳天花板只留下格狀梁柱而完全消失。天花板不知何時被掉包為立體影像，一群人從梁柱上方落到搶匪身上。體格壯碩的警備員眨眼之間就逮捕搶匪們。

達也毫不驚訝地看著這幅光景。他能夠感應他人的存在，而且這項能力不會被立體影像畫面阻絕。他之所以下定決心旁觀，就是因為知道警備員已經在上方就定位。

但銀行職員當然不知道達也的隱情。深雪把臉埋在他胸前的舉動，也是按照常識解釋為「緊張的心情放鬆之後不禁落淚」。達也將手臂以遮住深雪臉蛋的角度抱著她，所以更令旁人如此認為。但達也其實只是配合場中氣氛，遮住妹妹滿是幸福而放鬆的笑容，避免正經完成職責的警備員或職員發現。

達也就這麼抱著深雪的頭，此時銀行的分行長來到面前低頭致意。他詢問達也的姓名之後，表示將免除一年的手續費，作為害他受驚的賠禮。達也不知道該露出什麼表情，最後維持撲克臉——看在分行長眼中是緊張得繃緊的表情——接受這項提議。畢竟他確實遭遇到對一般人來說很危險的狀況。

達也告知本次前來是要更新ＩＤ，分行行長立刻叫部屬將達也的順序往前移。達也輕輕讓深雪站好，深雪以長髮遮住表情，就這麼被推著肩膀前進。

更新ＩＤ的手續，是在不用擔心偷拍與竊聽的完美密室，由機械負責辦理。兩人進入室內，無須在意他人耳目之後，終於忍不住相視發出笑聲。

遭遇銀行搶匪的經歷，也只是他們兄妹倆有點特異的日常生活一景。暑假最後一天經歷的這個「案件」，肯定也會整理為「某段夏日回憶」收入兩人的記憶。

The irregular at magic high school

會長選舉和女王大人

「我們也要在這個月交棒了嗎……」

以真由美這句發言為契機，熱絡聊著暑假話題的學生會室氣氛隱約改變。

男女比例依然顯著偏差的學生會室午餐會，直到氣氛變化前，都因為今天是新學期第一天，熱絡分享著「夏季豔遇」。

若是刻意講得復古一點，現在這個時代普遍抱持「守身到結婚」的觀念，所以相較於「性解放時代」，所謂的「夏季豔遇」保守許多。但女性不在婚前進行親密行為的原因，在於她們現在認為「不迎合男性才有型」。所以即使結果相同，意識層面也和性解放時代之前相差許多。而且女性在婚前嘗禁果也不會受到社會懲罰，所以並非所有女性都不會做「那種事」。然而大多數的少女，會把「即將突破最後防線時踩煞車」的壞女孩試膽行徑當成炫耀話題。何況聚集在這間學生會室的少女們，不可能把自己搞得太廉價。另外，她們在危急時還可以行使各種「正當防衛手段」，不可能引發「意外」或「案件」。

雖說如此，面前接連有人說出「連帽上衣硬是被脫掉」或「被強行推倒在床上」或「呼吸拂過脖子」這種話語，會令健全青少年感到不自在。更何況她們如同理所當然說出「希望能更有情調一點」或「覺得掃興就讓他睡著了」這種結果，使得同樣身為男性的達也無地自容。

不曉得是沒被當成男性，還是她們甚至忘記這裡有男性——也可能是故意的——原本應該避免被異性聽到的這些體驗分享，達也實在是聽得不敢領教。他不久之前就把眼神與意識移向魔法書（放在風紀委員會室，現今罕見的紙本書），所以沒聽到真由美為何提到這個話題。

不過這個話題說不定——應該說確實——和他有關，所以聽覺對意識產生作用。

「這麼說來，這個月要舉辦會長選舉。」

「是的。雖然選舉是在月底，不過姑且必須做個表面工夫，所以下週必須要公告選舉，進行各方面的準備。」

達也基於確認提出這個問題，回答的是鈴音。

話說這位學姊，在剛才進行即使不到限制級也算輔導級的「女孩話題」時，依然不改沉著冷靜的表情，以妙齡少女來說不太好吧？

達也抱持這樣的疑問，但他再度詢問的當然是另一件事。

「只是表面工夫？」

這句話真正要問的是：「不是實質舉辦？」鈴音正確理解到達也的意思。

「要是有多人參選就會進行選舉。但是想成為學生會長的學生有限，所以終究不過只是自己人在競爭。」

「自己人？」

「這五年，都是由首席入學的學生擔任學生會長。」

這麼說來，達也記得首度被叫到這個房間時就聽過這件事。

「換句話說，學生會長已經定案，用不著選舉？」

「不一定。既然這五年如此，就表示六年前並不是。不過，至今擔任學生會長的學生，毫無例外都是上一屆的學生會幹部。而且即使這次必須進行選舉，也是服部學弟與中条學妹一對一競爭。他們應該會在選舉之前協調只由一人參選。」

原來如此，這樣確實是「自己人在競爭」。達也接受了這番說法。

無法接受的，是被指名為熱門人選的當事人。

「我不可能勝任學生會長！用不著協調，我不想參選。」

在這個階段就快要掉下眼淚的人，確實無法勝任學生會長一職吧——達也同樣能接受這一點，然而……

「這麼一來就會睽違六年，誕生非首席入學的學生會長。」

「下一屆的會長是範藏學弟啊……」

風紀委員長與學生會長嘴裡這麼說，看起來卻不太能接受。

先不提個人喜好，在方針層面，梓的做法應該比較接近她們兩人。

所以她們想讓梓成為下屆會長，達也能理解這種想法，只是……

（……當事人沒意願就……）

要是完全沒人參選的話，達也認為大概有必要說服梓，不過只要服部願意參選，應該就是最好的結果吧。

「去年首席入學的是中条學姊吧？」

不過深雪思考的角度似乎和達也不同。即使達也感到有點意外，卻覺得妹妹的指摘很中肯。

她這句話使得達也察覺到，自己不知不覺認定「去年首席入學的學生是服部」。

「沒錯，而且現在的總和成績也幾乎一樣吧？」

真由美向深雪點頭示意之後詢問梓本人，回答的則是鈴音。

「理論成績的全學年首席是五十里學弟，中条學妹第二，服部學弟第三；實技成績的全學年首席則是服部學弟，中条學妹以些微差距居次；總和成績也是服部學弟第一，中条學妹以些微差距居於第二。」

刻意以會議用的大型螢幕，播放校內公布欄張貼的第一學期排行榜進行說明……達也覺得應該沒這個必要。

俗話說近朱者赤……但如果只是個性正經的學生，打從一開始就不可能和這名會長與這名委員長平分秋色——這是達也對鈴音的評價。

「中条學姊的實技成績也比千代田學姊好吧？」

深雪理應已經看過了這張表，但她重新看到這個經過九校戰而熟識的名字，應該會產生不同於以往的印象。

「因為花音那傢伙粗枝大葉。」

「至少應該說她以豪爽為特色吧？」

真由美苦笑修正摩利這句直截了當的評論。

「反過來說，小梓的特色就是細膩，不適合九校戰那種運動競賽。」

「但中条明年八成也得以選手身分上場了。」

梓對真由美的幫腔露出置身事外的表情，摩利扔下的炸彈卻令她身體猛然一顫。

「……這話題是我提的，所以我這麼說也不太對……不過中条，這是明年的事情啊。怎麼能從現在就嚇成這樣？」

「說……說得也是，是明年的事情……何況明年除了千代田同學，還有司波學妹、北山學妹與光井學妹，有許多很有前途的選手……」

梓硬是加入有點走音的笑聲如此回應，摩利無奈地看向她。

「今年一年級確實有很多有前途的女生……不過，全學年第二名的妳，怎麼能夠把責任推托給學妹呢？」

「不……別這麼說……不是推托責任……我只是……該說適才適所嗎，那個……」

感覺梓講得挺有道理，但光是被冷眼注視就無法反駁，使得達也再度心想，要她擔任學生會長或許真的很辛苦。

◇◇◇

久違六週進入的風紀委員會總部，難得相當熱鬧。

「我沒聽說今天預定要開會……」

達也詢問不知為何站在入口旁邊的摩利，她一副賣關子的模樣點頭回應。

「我想也是。我也不記得通知過。」

「所以是新學期第一天的儀式？」

「首發儀式只有學年初舉辦。」

「並不是委員會有什麼例行公事吧？」

「是啊。」

達也聽到摩利這聲回答就簡單致意，快步走向存放自用錄影裝置的櫃子——不過走三步之後就停了下來。

達也轉身再度面向摩利，她站在和剛才相同的距離——也就是說，摩利是配合達也的步調而走了過來。

「這樣啊……」

「雖然不是例行公事，但同樣是風紀委員會的重要活動。」

「……有什麼事？」

達也有氣無力的回應，使得摩利露出像是「拿你沒辦法」的表情。

「……你最好改掉不問世事的毛病。」

「重要新聞我都會看。」

「我是要你更注意切身的事情。」

摩利說著搖了搖頭，大概是表示「真拿你沒轍……」的意思。至少達也看來如此。

到最後，屈服的是摩利。

「風紀委員沒有任期限制。」

「我知道。選出的委員即使替換也不用辭職，我覺得有點不可思議。」

「因為這不是占著就有油水撈的地位。何況每年都要遞補畢業生的空缺，畢業前就辭職的委員也不少。」

語畢，摩利微微聳了聳肩。大概是下意識地表現出她對校內蔓延的「風紀委員是特權階級」的傳聞感到無奈。

「其實在上學期末，一名社團聯盟指派的三年級委員辭職了。遞補人員今天會來。」

達也揚起眉角，對摩利這番話表達質疑之意。

「要舉辦歡迎會？」

「不不不，這個組織沒這種團結力，這種事你應該也已經明白了吧？」

確實，比起「團結」這個詞，「分裂」或「對立」更適合風紀委員會這個組織。達也就是知道這一點才有所質疑。既然如此，總部為什麼聚集這麼多人？

「不過，很難得有女生獲選風紀委員，所以閒人都來湊熱鬧。」

達也心想「原來如此」。學長們並不是基於同伴意識，而是基於好奇心而來。不過，既然是這種理由的話——

「委員長當年獲選時，應該也備受注目吧？」

達也的指摘，使得摩利不太高興地沉默了下來。看來這是她不太願意回憶的往事。她站在入口監視，或許就是為了避免學妹留下不好的回憶。

「……總之，我的狀況先放在一旁。這次迎接新委員加入，我希望暫時由你帶她。」

「……由我？」

達也會再度確認也在所難免。雜事是由資淺人員負責，但是「輔助新手」絕對不是能交給最底層人員的工作。

「由你。」

但摩利的表情百分之百認真。

「我大概知道新來的人是誰……但我還是不認為這工作能讓一年級負責。」

「不不不，在風紀委員會，沒有人比你更適任。」

當摩利替「風紀委員會」加重音所說出來的這句話，使得達也不由得認同的時候，就已經確定了達也的敗北。

新委員是正如達也預料的人物。

「這樣就打一輪照面了……花音，今天妳和達也學弟一起行動，掌握巡邏的感覺。」

總覺得花音這種名人沒必要打照面，但這應該是定例吧。在各處引發莫名熱潮的就任問候結束之後，摩利走到被吩咐留到最後的達也面前，一開口就是這句話。

達也似乎一如往常，沒有拒絕的權利。而且這是在其他委員離開後的指示，所以花音的選項也只限於達也或摩利。

「咦～？不是摩利學姊教我？」

花音果然想選「摩利」這個選項。在達也本人面前展現這種態度頗失禮，但達也同樣很清楚她不滿的心情。即使帶她的不是摩利，由同年級的委員帶她也好，如今卻要把學弟當成前輩，花音心裡肯定不是滋味。達也同樣希望摩利負責指導，在內心說「快多講幾句」為花音加油。

「我的狀況不值得參考。心裡有鬼的傢伙看見我就會偷偷跑掉。基於這一點，達也學弟在委員會裡，遭遇狀況的次數是第一名。順帶一提，檢舉次數也是第一名。」

「啊，這樣啊。原來如此。」

然而花音輕易接受了。

不提這個。達也忍不住想質問摩利話中「順帶一提」的意思，但他立刻打消念頭。因為這麼做顯然是徒勞無功。

「沒有既定的巡邏路線，也不用走遍校內每個角落。我沒有和其他委員一起巡邏過，不過只走特定路線的委員好像比較多。」

即使有所不滿，工作依然是工作。達也頗為正經地向並肩行走的花音解說。

「唔～……司波學弟的適應力真強。」

花音脫口而出的感想，和他的說明毫無關連。

「你剛入學沒多久，從一開始就獨自進行校內巡邏的重要任務吧？我也聽過你在社團招生週的各種豐功偉業。」

「總之，當時發生很多事……」

總覺得花音的佩服似乎有所誤解，但是達也並沒有刻意反駁——忽然就被扔去獨自執行巡邏任務很正常，花音受到的待遇是過度保護，但是說真話也不會有任何人幸福，所以達也以解說任務代替反駁。

「我都會把實習室當成重點巡邏的地方。即使依照過去的巡邏報告來看，在教室出問題的案例也很罕見。」

「畢竟教室有監視系統。小說裡面那種不成體統的事，就算想做應該也做不到。」

「小說嗎……」

花音到底是看哪種小說，引發達也不少興趣，但若她表明是「官能小說」之類的，達也將不知道該擺出何種表情，所以決定收起好奇心。

「不去體育館或操場？感覺那裡比實習室更容易出問題。」

「只要不是社團招生週之類的特殊狀況，那邊原則上由社團聯盟管理。不過要是發生私鬥，當然會輪到風紀委員會出面。」

花音是以社團聯盟的名額加入委員會，她自己也是田徑社正規選手（擅長障礙賽），當然知道社團聯盟的自治特權。

「只是去看看應該無妨吧？畢竟發生問題才趕過去就太遲了。」

但她還是說出這種話……達也覺得她八成是摩拳擦掌想去闖別人的地盤。

依照花音的強烈要求，兩人今天將以體育館為重點巡邏區域（不過，達也挺認真煩惱是否有必要同行）。

基於校舍的相對位置，他們首先來到第二小型體育館。

單純只是巧合，今天是劍術社的練習日。

「……司波兄，每次看到你，你身邊的女人都不一樣。」

「請不要講得這麼難聽。」

以這種令人難以分辨是當真或玩笑話的語氣——達也感覺鐵定有一部分是認真的——前來搭話的是桐原。

「就是說啊，桐原同學。千代田同學專情五十里同學，講這種話對她很失禮。」

「……總之，我不介意。」

讓花音害羞地扭動身體、達也深深嘆息的這番話，來自紗耶香之口。

劍道社的紗耶香參加劍術社的練習，並不是為了利用社團活動時間約會。

自從春季那場事件之後，魔法競賽類型社團與非魔法競賽類型社團，逐漸認為應該更加相互交流。尤其是原本屬於相同競賽，卻因為規則是否容許魔法而分開的社團，如今傾向於積極吸收彼此的優點避免故步自封。

率先帶動風潮的是劍道社與劍術社，紗耶香與桐原是一切的契機，是造成開端的當事人，而且首先加入相互交流的行列。

——即使這麼說，也不代表兩人不會在練習時增進感情。

言歸正傳。

達也無視於紗耶香的說情（？），朝著依然露出質疑視線的桐原說明事由。

「渡邊委員長命令我陪同學姊。」

達也嘴裡說不介意，但還是忍不住解釋。如果是自己投降示弱就算了，但他無法忍受自己被硬塞工作還要背黑鍋。

「喔～既然這樣，那個傳聞是真的？」

桐原出乎意料地很乾脆就相信，卻加上暗藏玄機的這句話。

「傳聞？」

「咦，司波學弟不知道？」

「傳聞渡邊委員長正在布局，要讓千代田成為下一任風紀委員長。不過老實說，我一直質疑那個人哪可能花費工夫到處布局。」

紗耶香與桐原接力說出的「傳聞」完全是事實。達也明知如此，卻在這時選擇沉默。

「所以我不是說了嗎？千代田同學是例外。渡邊學姊特別疼千代田同學。何況她要讓毫無經驗的千代田同學擔任自己的接班人，當然捨得花這些工夫。」

即使達也什麼都不說，也不用擔心冷場。

「啊？那個人不只外表，連內在都是寶塚（註：皆由未婚女性組成的日本歌劇團。重視上下關係，紀律嚴明）型？不過，如果是委員長與千代田，確實很賞心悅目呢。」

近代至今的舞臺劇類型之中，少女歌劇堪稱最傳統的一種。所以達也認為「內在是寶塚型」並非不光榮的評價，但花音的感性似乎得出不同結論。

「喔～只有我就算了，居然把摩利學姊當成同性戀……桐原同學，你膽子很大嘛。」

「等一下！」

花音身後燃起如同不動明王的殺氣之火（正確來說是噴出活化的想子粒子）。

「我沒說『同性戀』這種字眼啊！」

如果單純只比力氣的話，花音在二年級位居第一的呼聲很高。桐原看到她的怒氣，連忙擺手搖頭否認。

「廢話少說！」

花音異常強勁的宣告，使得達也深深嘆息。

並且輕輕將右手迅速伸出去。

「呀啊！」

隨著走音的尖叫聲，想子暴風平息了。

「你……你做什麼啦！」

花音就這麼癱坐在地上，紅著臉看向達也。她的雙眼基於痛苦以外的原因而溼潤。

「……效果出乎預料。老實說，我一直不相信『快樂穴』這種東西。」

是八雲傳授的點穴術。

達也頻頻打量剛才命中花音背上「快感穴道」——今天早上剛學的——的食指，說出像是獨白的這番話讓花音更加地臉紅，然後換了一張表情。

「千代田學姊，風紀委員怎麼可以自己鬧事？」

「嗚……可是……」

「沒有什麼『可是』。請聽好，要是遭遇性騷擾，之後再向懲罰委員會起訴就好。風紀委員的證詞，原則上無須他人證實就能得到採信。」

「喂？」

形勢忽然告急，使得桐原連忙想插嘴，但達也與花音看都不看他一眼。

「明．白．了．嗎？今後請節制一點，別像這樣動不動就生氣。」

「……知道了啦。」

花音彆扭地別開了視線，完全沒察覺到紗耶香「……司波同學剛剛那樣做也是性騷擾吧？」的喃喃細語。

「這麼說來，學生會長選舉快到了吧？」

混沌狀況總算平息時，紗耶香大概是從下屆風紀委員長的話題聯想到，而提出今天（對達也而言）重複第二次的話題。他們移動到牆邊避免妨礙其他社員，完全一副聊八卦的樣子。

「是月底吧？不過要說快到，確實也快到了。」

桐原回應紗耶香這番疑問。

「據稱會是服部同學與中条同學一對一競爭。」

花音也立刻友善地加入對話。不曉得因為同樣是二年級，還是不計較一科二科隔閡。

「不，服部不會參選。」

這個話題對達也來說是今天第二次提及，卻在這次得知新的事實。

「咦，是嗎？」

看來桐原這番話，也是令花音感到意外的消息。

「嗯，服部那傢伙被社團聯盟推舉為下一屆的總長。他自己也有這個意願，所以表示不會參選會長喔。」

「喔～服部同學啊……不過很合理。畢竟有實力的人才能勝任聯盟總長的職務。」

花音以認同的態度點頭回應桐原。

達也聽他們這麼說也覺得沒錯，社團聯盟感覺比學生會更難統治。

像是拉社員或搶場地，社團聯盟本來就有許多造成摩擦的要素。現在是克人坐鎮所以沒有造成太大騷動，但一般人做不到這種程度。

但是——達也想到一件事。

這麼一來，就表示下屆學生會長的兩名最熱門人選都不會參選。

下一屆的學生會長將會是誰呢……

巡邏結束後的回程路上。

結束學生會業務的深雪。

結束社團活動的雷歐、艾莉卡、美月、雫、穗香。

結束在實驗室自主練習的幹比古。

達也久違和老班底會合，在通往車站路上的一間咖啡廳同桌而坐。

而且不知何時，再度提到學生會長選舉的話題。

「唔～……老實說，有點不可靠。」

雷歐對梓的評語嚴苛。

「不過她的實力一等一。」

「我覺得學生會長溫柔一點比較好。」

雫與美月似乎支持梓。

「總之，服部學長完全不可能了吧？」

艾莉卡再度詢問。

「嗯，某人向他本人證實過，所以應該沒錯。即使是會長，也沒辦法搶走社團聯盟下一屆總長的既定人選吧。」

達也回以肯定之意。

「也對……即使是他們，似乎也拿十文字總長沒辦法。」

艾莉卡頻頻點頭。

「那麼，果然只能由中条學姊參選吧？」

艾莉卡身旁的美月，回到預測下屆會長的話題。

「但她本人說過不想當吧？對了，深雪參選吧！」

「慢著，艾莉卡，說這什麼話？」

艾莉卡出乎預料的這番話，令深雪驚訝地瞪大雙眼。

但艾莉卡似乎意外欣賞自己的點子。

「沒規定一年級不能成為學生會長吧？深雪在之前的九校戰拿下『冰柱攻防』新人賽冠軍，還在二、三年級參加的『幻境摘星』正規賽奪冠，我覺得實力與知名度都沒問題。」

「別亂說。何況高中生的『實力』不是只以魔法力衡量啊。」

「學力這方面不是有達也同學嗎？當上學生會長，就可以自由任命幹部喔！」

美月站在支持艾莉卡這一邊，加入艾莉卡與深雪的對話。

「說得也是。畢竟七草會長也說過，要廢除只限一科生當幹部的規定。」

「連美月也……」

深雪這番話表面上在規勸，從聲音卻聽得出內心動搖。

「沒錯沒錯。而且啊，要是成為學生會長的話，也可以把達也同學從風紀委員會那邊給搶過來喔……」

艾莉卡如同惡魔梅菲斯特（少女版）的細語，使得深雪明顯動搖。

「反過來說，讓達也當學生會長也不錯吧？」

「喔，聽起來很有趣。」

應該不是和青梅竹馬相互較量，但這次輪到幹比古做出異想天開的提議。

雷歐起鬨表達贊同之意，達也無奈地看著他斷言「不可能」。

「深雪或許能得到某種程度的支持，但不可能有人投票給我。」

然而雫的意見不同。

「可是達也同學是九校戰奪冠的大功臣。」

「慢著，雫，那是……即使我盡量退讓，承認自己對奪冠有貢獻，但我只參加一場競賽。表面上看不出背地裡的努力。」

達也再度否定自己出馬參選的可能性，但穗香熱烈提出反駁。

「不過要是達也同學參選，我一定會投你一票！」

「哥哥，我也是。若哥哥願意參選，無論是站臺還是發傳單，我什麼都願意做。」

達也感到輕微頭痛，或許是兩側微妙對抗的深雪與穗香散發的熱氣令他招架不住。

新學期開始至今一週了。

終於公告要舉行學生會長選舉，原本不太關心的一年級學生（尤其是E班～H班的二科生），也因而討論起誰要參選、誰有勝算的話題。

達也在教室和同學進行清晨問候，開啟自己座位的終端機。「達也，早安。」先到的幹比古前來道早安。

「幹比古，早安。你總是這麼早到。」

「哈哈，是啊。最近終於獲准加入晨間勤行，其實我想稍微放鬆一點就是了……應該是已經習慣了。」

「勤行」原本的意思是佛門修行，但可能是基於神佛混淆的影響，神道系的幹比古家也使用「勤行」這個詞。「晨間勤行」說穿了就是早上的修行。幹比古說他「獲准加入」，正確來說應該是「得以恢復參加」，達也從幹比古本人與艾莉卡的話中片段掌握到這一點。

好友確實恢復實力並繼續鑽研向上，使得達也高興又羨慕。以前摩利曾經開玩笑說他可以轉

為一科生，但達也認為幹比古或許真的會成為轉入一科的第一人。

「話說達也，你可能會覺得我這傢伙問了奇怪的事，不過……」

「奇怪的事？」

旁邊傳來「講得真直接……」這樣的細語，但要是規矩做出反應，話題將會無法繼續進行。

兩人早已學到這一點，很有默契地無視於這句話。

「我不認為很奇怪就是了。達也，你真的要參選學生會長？」

「……你說什麼？」

達也並不是沒聽清楚幹比古這番話。他如此反問是因為過於感到意外。

「沒有啦，總之，最近謠傳達也要參選學生會長。」

「謠傳……？」

記得上週提議達也參選的人，應該是幹比古。

「不是我！」

達也自認沒有故意讓眼神變得銳利，但幹比古非常慌張地比手畫腳，主張自身清白。

「昨天放學後，廿樂老師在實驗室問我『司波達也真的要參選學生會長？』這樣。」

廿樂老師專攻魔法幾何學，在魔法工學也有很深的造詣，現在是二年級的老師。

正職是魔法大學的講師。

他在學界是知名的優秀年輕研究員。原本被評為即將得到副教授寶座，卻因為觀念——只有觀念就算了，連言行都有點放縱過頭，所以基於人事處分的意義被調到附設高中……但他本人不但不介意，反而還開心表示「這樣就能自由研究」，令人頭痛。

或許是基於這樣的性格，他是特別照顧二科生的教師之一，即使負責的學年不同，也數度主動向達也搭話。

「外面居然在傳這種謠言……？」

「啊，果然是謠言？上次你就提到不想參選，所以我一直覺得不對勁。」

幹比古露出掃興表情，達也則是板著臉點頭回應。

「我自認就算參選也得不到票，更何況我根本就沒有參選的意思。究竟為什麼老師之間會謠傳這種事情？」

「天曉得……？」

幹比古不可能知道教職員室的內情，正如預料，他只有露出納悶的表情。

「不只是老師喔。」

達也同樣沒有期待得到答案，他這句詢問只是一種牢騷。

然而和期待相反，豎耳聆聽至今的旁聽者，提出一段相當令人不願聽到的證詞。

「我在進行社團活動的時候，學長姊們也偶爾在傳這件事。相當出乎意料地，大家都抱持著

善意的反應喔。」

前座的雷歐說完，靠坐在美月桌上的艾莉卡也出言附和。

「啊，這麼說來，我昨天也聽到一則小道消息說，有個一年級的風紀委員，要參選這一屆的學生會長。這怎麼想都是在說達也同學吧？」

即使艾莉卡徵詢同意，達也基於立場也不想點頭，但是繼幹比古之後，雷歐與艾莉卡也提供情報，綜合這些情報就不得不如此判斷。

「我也……」

天啊，美月也是？達也好想趴到桌上。

「記得昨天接受輔導的時候，也有稍微提到這個話題。」

不過，達也得知美月的傳聞來源，就產生「試著積極處理吧」的心情。

具體來說就是「試著質詢遙吧」的心情。不過是否可以形容為「積極」還有待商榷。

◇　◇　◇

若把達也的行動方針形容為「積極」，最想大聲提出異議的應該是她。

「第一堂課還沒結束喔。」

這絕非輔導老師應有的態度，但遙一副抗拒的模樣，蹙眉看著進入輔導室的達也。

之前騙取（！）無頭龍情報的那件事，似乎壞了遙的心情——但是以達也的立場，這項「契約」並未限制他把購得的情報用在何種地方。

「我完成第一堂課的課題了。」

不過，就算被遙討厭，達也幾乎也不痛不癢。即使雙方保有彼此一部分的祕密，達也手上的牌還是占優勢。

「……所以我才對優等生有意見。」

「我是劣等生，我的實技成績只有勉強及格。」

「……從你口中說出這種話，聽起來只會刺耳。」

——或許可以形容他們彼此親密到無須客氣。

「這是事實。總之不提這個，我有一項煩惱想找您商量。」

達也說完，遙立刻瞪大雙眼，可能是基於反射動作，挺直了背脊。

「什麼事都儘管找我商量吧。」

遙的這份職業意識挺出色，但也感覺她有點缺乏學習能力。達也找她商量的「煩惱」總是在輔導範圍之外，遙差不多該學到這一點了。

「我的煩惱是關於月底的學生會長選舉。」

「這次似乎在找人參選時遇到問題。所以呢？有人委託你說服妹妹出馬？」

「啊，這確實也傷腦筋。但我今天想找您商量的是關於另一項『傳聞』。」

「傳聞？」

「是的，教職員室好像在謠傳我會參選學生會長，您心裡有底嗎？」

達也正面注視遙的雙眼提問，遙在一瞬間，真的只在一瞬間露出「糟糕」的表情。

「聽說您昨天對柴田同學提到這件事。想請您也告訴我詳情。」

但即使表情變化時間再短，遙眼前這雙凝視她的眼睛，不會看漏任何表情變化。

達也不可能看漏。

「雖然我覺得不可能，該不會是小野老師率先散播謠言吧？」

遙的臉部肌肉反覆鬆弛又緊繃，達到令人眼花撩亂的程度。

不過到最後，她完成的表情是平凡的討好笑容。

「真是的，這種事真的『不可能』喔。我當然不會做出這麼不負責任的事。」

嘴角並沒有抽搐。

她偽造表情的功力明顯進步。

「……這種謠言到底是基於什麼狀況流傳出來的？」

「什麼嘛……果然是謠言。總之，我想也是……比起成為眾矢之的，司波同學更適合負責幕

「我不否認。」

兩人相視，彼此露出壞心眼的笑容。

或許是受到同一位師父的影響。

不過，這種程度的共通點，不成為增進感情的理由。

「所以，到底是基於什麼狀況，才會謠傳我要參選學生會長？」

「對不起，我知道的也不多。」

「這樣啊，那把您知道的部分告訴我就好。」

「…………」

達也一副極為理所當然的樣子，等待遙的回覆。

遙領悟到，這時候裝傻毫無益處。

何況達也詢問的事情本身，是無須裝傻帶過的事情。

「……無法確認是誰傳出來的……不過，可以形容成一種傳話遊戲的狀態吧？『服部似乎不參選』、『中条似乎不參選』、『學生會似乎煩惱找不到參選人』、『那由司波參選挺有趣吧？』……這樣的話題不知不覺變成『司波學妹好像要參選』，進而成為『司波學弟好像要參選』、『咦，司波學弟是誰？』、『就是那個風紀委員』、『噢，也有參加新人賽的那個？』、

『是喔～挺有趣吧？』……這種內容了。」

達也聽完遙這番話就全身無力，差點從椅子滑落。

「……老師們為什麼會相信這種隨便的傳聞？」

總之，所謂的傳聞原本就是不負責任又隨便，如果只是同學或學長姊當成聚會閒聊的話題，達也並不會在意。他知道斤斤計較會沒完沒了。

不過甚至傳到教職員室，連廿樂這麼優秀——至少在智慧方面優秀——的老師都當真，就是無法坐視的狀況。

達也尚未完全排除有人刻意操作情報的可能性。

「當真的老師反而比學生還要多呢。因為四月那件事即使對學生封鎖消息，教職員室卻知道所有真相。」

「……『Blanche』那件事？」

「對。那件事以司波同學為中心解決，不少老師對此評價很高。」

這是出乎達也預料的話題。沒想到那件事居然會這麼引人注目……達也心想，不得不說自己的想法太天真了。

「十文字同學守口如瓶，我們不知道具體過程，只知道你是以實力強行排除恐怖分子。這部分也是給予高度評價的重點。何況魔法科高中學生會長這個職務，偶爾也要求動用武力，既然擁有此等鎮壓力，由一年級學生擔任也不錯——有這種想法的老師不算少。」

……達也心想狀況不妙。

達也向遙道謝，並且認為得想辦法處理。

——要離開輔導室時，他也沒忘記補充說明，自己不會追究遙收集情報的手段。

但這些傳聞毫無根據，能採取的因應之道有限，而且並非以他一己之見就能處理。

所以，基於「能成為打破僵局的線索」這層意義，她的造訪或許是值得歡迎的事。

——不過即使以這種想法安慰自己，也完全無法減少此時此刻的麻煩程度。

一班二十五人算很少的人數。任何人在做什麼都能一目瞭然。除了和達也進行課前閒聊至今的四人，其餘二十人毫無例外地偷看他們而竊竊私語。達也即使不願意也感受得到。

斷續傳來「果然」、「會長」或是「選舉」這種字眼。

達也極為不自在。

「達也學弟，拜託，想跟你借點時間。」

真由美大大方方地進入了一年級的教室（雖然這麼形容，但這個時代的高年級不太在意做出這種事），來到坐著和她相視的達也面前，一停下腳步就以可愛的模樣（！）雙手合十舉地在面前說出這種話。

她身後的鈴音露出無奈表情，這部分暫且不提。

達也的視線掃向螢幕角落顯示的數位時鐘。距離第二堂課還剩五分鐘。考慮到兩人回到三年級教室的時間，能討論的時間只剩一分鐘。

「以學生會的公務為由，就不會被扣分。」

真由美從達也表情看出無言的詢問，就這麼合著雙手回答。不過她合掌位置微微下降，這樣下去「合掌拜託」可能會成為「少女的祈禱」，有種不妙的徵兆。

如果是真由美，有可能做出雙手交握於胸前加上雙眼溼潤的行徑。

繼第一堂課，這堂也是使用終端裝置的聽講課。離席二、三十分鐘對達也毫無影響。

達也向朋友們使個眼神，起身朝真由美微微行禮致意。

真由美取而代之站在達也桌前，把自己內藏學生會長特權的ＩＤ卡放在讀卡機感應。

達也被帶到學生會室。

他知道反正午餐時間會在這裡集合，卻在這時候被帶來這裡的原因。

「抱歉在上課時間找你過來，因為真的沒剩幾天了。」

鈴音道歉之後，達也回答「不，我不在意」搖了搖頭。

「謝謝，你肯這麼說就幫了大忙。」

真由美「呼～」地誇張嘆口氣，然後進入正題。

「其實，關於這一屆的學生會選舉……」

她的用意正如預料。

達也早已決定如何答覆。

「我認為對深雪學妹來說還太早了。」

「想請深雪學妹……慢著，你怎麼知道？」

真由美瞪大眼睛說「難道是讀心術？」而慌張，達也苦笑著向她揭曉謎底。

「不是在午休時間，而是刻意在上課時間帶我過來，是想趁深雪不在的時候找我商量吧？那麼考量到現在是這個時期，我認為應該是想找深雪參選學生會長。」

達也並不是為了炫耀推理能力而搶話。

只有真由美一個就算了，但她和鈴音搭檔前來，達也擔心若不先發制人會被說服。

以目前來說，這記先發攻擊正中靶心。

達也必須趁對方——尤其是鈴音重整態勢之前確立必勝立場。

「世上應該不是完全沒有一年級學生會長的例子，但是對深雪來說還太早了。那個傢伙還無法擔任組織領導者。」

「……她在國中時代沒擔任過學生會長之類的職務？」

「我阻止了。」

對於鈴音的質詢，達也立刻做出否定的回應。

「但她看起來很可靠……」

「深雪還是個孩子。或許是我過度照顧她了吧，她還無法好好控制自己。至少要等她不再讓魔法失控再說。」

對於真由美的詢問，達也則是接連提出反駁。

真由美與鈴音看起來都像是有很多話要說——主要是想說達也「過度照顧她」這部分並非「或許」而是「事實」——但是深雪會讓魔法失控的缺點，並不是成為學生會長之後能寬容的問題。她們無法反駁這項指摘。

「——可是，這下頭痛了。明天就要公告進行學生會選舉，卻完全沒人參選。」

「記得距離參選登記時間還有一週吧？」

只要在這之前有人登記參選不就好了嗎？對於達也這番根本的「假設論」，真由美面色凝重地搖了搖頭否定。

「精簡下屆會長參選人數也是學生會的職責。不然會到處有人參選而無法收拾。」

「……我覺得多人參選的選舉比較健全。」

「即使演變成以魔法對打也是？競爭對手都是想成為學生會長的高手耶。」

演變成這種狀況，確實會是更勝於社團招生週的風波。

「……再怎麼樣也不會那樣吧……我才想說，他們是想成為學生會長的人啊。」

既然想成為學生會長，應該會避免造成這種風波才對。

「達也學弟，你太天真了。」

但真由美一口駁回達也的常識論點。

「本校學生會長擁有很大的權限，畢業之後也會得到高度評價。實際上依照紀錄，四年前標榜進行『民主自由選舉』的學生會，在重傷人數達到兩位數時，就拿掉了『自由選舉』的招牌，改由學生會長強力推薦副會長擔任下屆會長，才總算收拾事態。」

鈴音驚人的爆料，消除了達也的疑問。

「……這所學校是哪個開發中國家嗎？」

達也發出呻吟。

「這就代表高中生不夠成熟，不足以在擁有魔法這份強大力量的狀況下完全自制。」

真由美再度在眼前合起雙手，擺出苦苦央求的樣子。

「所以……好嗎？或許深雪學妹在達也學弟眼中還是個孩子，但她肯定沒問題。畢竟俗話也說過『地位會培育人才』。」

達也心想她居然來這招。

這麼耐心周旋，令人覺得她這一年的學生會長可不是當假的。

然而——

「我覺得不用執著於深雪，讓中条學姊參選就好了啊。無論從順位或實績，中条學姊都比較適合成為下屆學生會長吧？」

達也如此指摘，真由美隨即面有難色地沉默下來。

「……你說得沒錯，可是……」

鈴音似乎也無法接話。

是的，這種事不用說也很清楚。

因為梓無論如何都不肯答應，才會找達也提這種事。這不用重新說明也顯而易見。

但達也下一句話，完全出乎真由美與鈴音預料。

「——不然我去說服中条學姊吧？」

「咦？……達也學弟要幫忙說服小梓？」

「是的。」

真由美一副過於意外而不曉得該擺什麼表情的樣子，但或許是達也這番話逐漸滲入意識，她忽然用力抓住達也的手。

「你真的願意幫忙嗎？那麼請務必協助！務必拜託！達也學弟果然可靠！」

真由美抓著達也的手用力上下晃動，達也和鈴音相視苦笑。

大概是小動物般的危機預警系統發揮作用，梓這天午休沒來學生會室。達也認為這樣下去，她可能放學之後也會藉故請假，決定在第五堂課結束就立刻造訪梓的教室（魔法科高中的時間分配是上午三堂課、下午兩堂課，一天共五堂課）。

達也在教室門口觀察室內，梓正匆忙收拾東西要回去。

她應該是企圖在被逮到前逃離，但直到下課都無法離開終端裝置的認真個性害了她。

只要達也相伴就敢無視於規定——即使要犯下滔天大罪大概也毫不猶豫——的深雪，被達也一起帶進二年A班教室。

「這傢伙是怎樣？」的視線投向達也，其中大多是男學生，不過終究沒有人的心態幼稚到光是低年級學生進入教室就前來找碴——但是有部分原因，在於女學生們朝達也投以像是評鑑名牌商品般深感興趣的眼神，男學生難以在這股壓力之下採取直接的行動。

達也毫不客氣地默默無視於兩種視線，筆直走向梓的座位。

梓中途就察覺達也走過來，但在猶豫「逃走也不太對」時，達也就站在她面前了。

梓戰戰兢兢露出客套的笑容起身。

她的手緊握書包，腳卻動不了。

達也與梓的身高大約差三十公分。

平常為了避免對梓造成壓力，達也都會保持距離和她相對，靠近交談時則是坐著，但他現在刻意維持近距離俯視的位置。

達也臉上掛著清新（？）的笑容，眼神卻射穿梓的雙眼不讓她逃走。

「中条學姊。」

達也的外表沒有英俊過人，聲音也沒有悅耳到令人著迷。但可能是因為他喉嚨與肺活量接受戰鬥訓練至今，所以聲音洪亮又有深度。女孩們或許會覺得「老練」或「成熟」。

「有件事想和您商量一下。」

而且如果是個性柔弱的少女，可能會覺得這種聲音蘊含難以抵抗的壓力。

「那個……我今天……有點……」

「不會花您太多時間。」

梓即使如此還是想逃走，達也稍微加重語氣再度這麼說，封鎖她的退路。

達也出乎意料的強硬態度讓梓感到驚慌。梓的同學們（主要是女學生）看著這樣的兩人，將原本只以眼神進行的交談轉為竊竊私語。

隨著「意外強硬」或是「狂野」或是「或許挺不錯」這種話語斷續傳來，周圍朝達也這裡投以頗難擺脫的視線。

投向哥哥的視線有意無意地暗藏好感，使得深雪的心情迅速變差。

從達也身後——從深雪那裡釋放過來的「壞心情氣場」，也造成梓莫大的壓力。

「五分鐘就好。」

「……如果真的只要五分鐘的話……」

梓被這種街頭攬客常見的說法引誘，應該說被迫接受，乖乖跟在達也身後。

即使沒有手銬或拉繩，甚至也沒有牽手，但是這一幕怎麼看都是「拘提」。

「我長話短說。」

達也來到咖啡廳角落的座位，一坐下就這麼說。

「中条學姊，請參選學生會長。」

「果然是這件事……是會長委託你說服我嗎？」

「是的。」

原本不是委託說服梓，而是委託說服身旁所坐的深雪，但達也對此隻字未提。

「……我不可能勝任。我沒辦法接下學生會長這項重責大任。」

梓緊握放在大腿上的雙手，看著下方搖頭。

梓的態度比預料還要頑固。甚至像是隨時會哭出來。要是逼得太急或許真的會哭。不，不是「或許」，而是很有可能。

但達也如果這樣就放棄，他從一開始就不會答應協助說服。

「服部學長被推舉為下一屆社團聯盟總長，所以不會參選學生會長。要是中条學姊不參選，將會成為一場學生會無從控制的選舉。」

「這樣也好吧？很多人比我更適合擔任學生會長。」

梓有些翻臉的回應，使得達也深深嘆息。

「…………」

「…………」

沉默還沒維持十秒，梓就出現心神不寧坐不住的樣子。她悄悄看向達也，知道無法得到任何反應之後，改為偷看深雪。

深雪掛著看不出情緒的雕像笑容注視梓。

梓有種會被笑容吸走的錯覺，因而慌張轉頭。轉向達也。

於是和他四目相對。

梓一副要喊出「啊嗚嗚……」的表情僵住。

達也再度嘆氣。

「真的可以嗎？——即使四年前的悲劇重演？」

旁聽的深雪覺得形容成悲劇太誇張了，達也自己也這麼覺得。不過朝梓一看，她大受打擊而臉色蒼白。

「聽說當時超過十人受重傷。事件的詳細紀錄，我想中条學姊很清楚。」

梓內心受創過度，嘴唇微微顫抖，好可憐。

然而達也卻以這番話落井下石。

「當時也有留下影像紀錄吧？魔法造成重傷……可以的話真不想看。」

學生會書記的主要工作是管理學生會的紀錄。既然是如此嚴重的事件，在整理紀錄時應該會稍微看到才是。

正如預料，梓不只是嘴唇，整個身體都顫抖起來。

「歷史將會重演嗎……」

「你……你……要我怎麼做……」

梓露出走投無路的表情。進入咖啡廳就一直保持沉默的深雪，以溫柔的聲音回應。

「只要中条學姊參選學生會長，就不會招致這種事態。請放心，學姊肯定能勝任。」

梓的眼神大幅搖曳。

哥哥扮黑臉，妹妹扮白臉，這樣的合作實在高明。

「對了，這麼說來……」

達也放鬆嚴肅（佯裝）表情，刻意以「不經意想到」的樣子拿出後續的「糖」。

「關於兩週後上市的ＦＬＴ飛行演算裝置，我拿到兩個樣品……」

梓一聽到這番話，眼睛就閃閃發亮。

蒼白的臉恢復紅潤血色，微微前傾的身體探到桌面。

「……你說的難道是銀式的飛行魔法特化型ＣＡＤ？能以最有效率的方式，執行七月剛公開的飛行魔法……銀式的最新作品？」

達也點頭回應，梓目不轉睛看著他。

她露出「好想要好想要好想要好想要好想要……」的眼神。

「總之，那是樣品，所以是沒有打上序號的非賣品。」

梓的喉頭發出「咕嚕」的聲音微微一動。

眼神像是發燒般有些模糊。

「不過，性能和市售版本沒有兩樣，我想當成學生會長就職的賀禮。」

「真的嗎！」

梓開心大喊並且起身。

椅子倒地，發出了很大的聲音，但梓完全不在意周遭集中而來的好奇視線。應該說她內心沒有餘力在意。

「是的，畢竟中条學姊一直以來都很照顧深雪。若您就職成為新學生會長，我覺得必須送上此等賀禮……」

「我要參選！對手是誰都不會輸！我一定要當選學生會長給你們看！」

梓瞪著還看不見的競爭對手的幻影堅定斷言。

到頭來，就是因為沒人參選，梓才會像這樣面臨半威脅半利誘的說服。完全沒想到這樣只會演變成表決投票，至今自己堅持不參選的想法也早飛到了九霄雲外。

達也與深雪，在陷入狂躁狀態的梓面前悄悄地相視點頭。

九月進入最後一週。

天氣依然經常是酷暑未盡般炎熱，但是從風中明顯感受到秋意的日子也慢慢增加。

「就算這麼說，校內氣氛一點都沒有熱絡起來，我對此不以為然。」

「什麼事沒熱絡起來？」

達也微微瞇細雙眼，看向歪過腦袋的真由美。

「我是說會長選舉的事。」

明天終於要召開學生總會，並且進行學生會長選舉。

今天是真由美以學生會長身分在這個房間度過的最後一天……的前一天，但她看起來絲毫沒有變得感傷的樣子。

同時，校內也看不到爭奪下屆學生會長寶座而進行的激烈論戰或造勢競賽。

「……總之，高中的學生會長選舉，或許不會那麼熱鬧吧……」

既然毫無益處，頂多只能為升學考核表加分的名譽職務，應該沒必要太過投入。

即使這麼說，達也知道氣氛不熱絡是基於其他原因。

只有一人參選的表決投票，不可能將氣氛炒熱。

而且表決沒過的機率等於零。

會變成這樣，並不是因為學生會長寶座沒有令人認真角逐的魅力。

基於社會觀點，魔法科高中的學生會長，只不過是高中學生自治組織的領導者。

是幾乎沒有權力與影響力的名譽職務。

這一點和理工或文科高中的學生會，在本質上沒有兩樣。

但是，「名譽」的等級不同。

稍微思考就知道這是理所當然。

魔法科高中——國立魔法大學附設高中，全國只有九所。

不是只有九所國立高中，是只有九所進行魔法高等教育的高中。

即使想增設，也無法確保教師人數。

擁有魔法科高中學生會長資歷的魔法師，每年只有九人。

只要繼續走在魔法師之路，要說這個頭銜會跟隨一輩子也不為過。

甚至有人私下認定是匹敵三等勳章的名譽。

在魔法師世界位居頂點的人們，即使獲頒二等或一等勳章當然也不算例外，但既然在高中階段就能得到這種終身名譽，學生們原本應該會認真角逐——是的，原本應該如此。

其實暗中想爭奪學生會長寶座的學生並不少——坦白說很多。

那麼，為什麼只有一人參選？

其中當然有人為的力量在作用。

達也將目光落在面露（乍看之下）無辜笑容，微微歪過腦袋的現任學生會長。

她到底是以何種表情，四處「說服」所有暗中有意參選的學生們打消念頭的呢？難道是用這張笑容籠絡的嗎？

就某方面來說，要是認真思考會出現恐怖的想像。

「唔～這次很遺憾，變成只有小梓參選……但是姑且會在投票表決之前進行政見辯論會，我覺得明天的氣氛應該會變得頗熱絡吧。」

參選人只有一人，正確來說並非「政見辯論會」，但達也沒興趣進行這種無聊吐槽。

將視線投向室內一角，倉促打發午餐的梓，認真瞪著演講稿輕聲低語。

不是看行動終端裝置的螢幕，而是印在紙上閱讀，看來她確實很有幹勁。

順帶一提，當成「獎賞」的飛行演算裝置，在她申請參選時就已經給她了。

她這種類型的人，與其以成功報酬引誘，先給報酬施加壓力更能維持她的幹勁，達也考量到這一點而決定這麼做。

而且正如計畫，梓成為奇怪義務感的俘虜，明明沒有競爭對手，卻老是唸著「要努力，要努力」鞭策自己來到這一步。

她的這份幹勁八成能維持到演講結束。

這方面似乎不用擔心。

「真要說的話，問題在於學生總會吧？」

鈴音不可能聽到達也內心的聲音，卻說出和他心中所想完全相同的事。鈴音從剛才就看著桌上終端裝置的螢幕（她今天似乎沒吃午餐）。看她眼珠子上下移動，大概是拉動捲軸審視文件，或是反覆閱讀相同文件檢查。

「在春季的臨時集會說出那種大話，事到如今不能退縮吧？」

摩利闔上便當盒如此指摘。

「我完全不打算退縮。」

同樣收拾便當盒的真由美如此回應。

「原本擔心可能有人失控亂來，看來是杞人憂天了。」

深雪端茶給眾人，露出半開玩笑的笑容如此說著。

「妳是指暗算？本校應該不存在沒有自知之明，膽敢挑戰這個女人的學生。」

這次是摩利插話。

「唔哇，真沒禮貌。不覺得她把女生形容成這樣很過分嗎？」

真由美徵詢達也的意見，但她臉上露出明顯知道是玩笑話的笑容。真由美應該也確信沒人敢以魔法向她挑戰——至少擁有這種實力的人，不會做出暗算之類的卑劣行徑。

「這個嘛……我覺得小心為上。」

但是達也這句回應的方向，和她預料的有所出入。

「啊？」

「因為會長是女生，而且是美少女。」

「是……是嗎？」

真由美裝出年長者的從容態度想帶過這個話題，卻很難說她做得很好。她的目光顯示著內心的動搖。

另一方面可窺見深雪的表情有所不滿，卻更加質疑哥哥為何忽然說出這種話。

「怎麼突然講這種話？」

有所質疑的不只是深雪。

摩利更為直接地投以詢問。

「很突然嗎？部分學生布局想摧毀會長的提議，卻幾乎沒有奏效。我只是基於如此的現狀才這麼說罷了。」

「我確實也聽到這種傳聞，不過……」

如同摩利語帶困惑的回應，即使就達也來看，反對派的手法也很高明。他能掌握到比摩利還精確的情報，是多虧某個教職員使用不正當手段收集情報。

「對於那些反對派來說，也只剩下今明兩天能行動。會長……我想您今天還是不要單獨行動會比較好。」

「啊哈哈，達也學弟。你真是的，這樣有點小題大做吧？」

真由美想把達也說的當成玩笑話輕輕一笑置之，卻未收到效果。

「你掌握到什麼線索嗎……？」

達也沒有跟著真由美將其當成玩笑話，摩利則是蹙眉詢問。

「很遺憾，我如果知道什麼線索反倒能放心。」

「只是稍微想太多吧？」

「哈哈，說得也是。」

鈴音指摘這是杞人憂天，達也跟著微笑點頭。

然而所有人都明顯看得出來，這只是表面上的回應。

「達也學弟。」

午休時間所剩不多，達也準備回到教室，卻在學生會室外的走廊被摩利叫住。

達也與深雪同時轉身，發現摩利不知為何微微掛著苦笑。大概是覺得他們是「感情很好的兄妹」，但一一計較這種事真的會沒完沒了。

「有什麼事？」

達也催促摩利說下去，以便速戰速決。

「有件事想找你商量一下。可以來總部嗎？」

無須回問，她所說的「總部」是風紀委員會總部。

「現在過去嗎？」

「不會花你太多時間。噢，對了。可以的話，希望司波也列席。」

達也與深雪以深感意外的表情相視。依照兄妹的記憶，摩利第一次對深雪說「有事」或「商量」這種字眼。

「深雪，妳的時間不要緊嗎？」

「是的。第四堂是普通課，稍微遲到也不成問題。」

所謂的普通課是「普通科目」，也就是數學、語文這種非魔法學或魔法實技的科目。上課時是使用終端裝置各自學習，幾乎等於自習。稍微遲到確實不成問題。

「哥哥沒關係嗎？」

達也這邊是稱為「能力測量」的實技小考。

一科生是由教師操作測量器（當然也會進行指導），二科生是學生分別自行操作測量器，在時間之內達到及格分數就認定通過。

「──不要緊。」

達也朝深雪點頭、朝摩利允諾，摩利隨即說聲「抱歉」超前兩人走向階梯。

即使從學生會室到委員會總部比較近，依然走階梯。

整理收拾到和半年前判若兩人……應該說判若兩室的室內，有一套半年前沒有的接待桌椅，摩利和司波兄妹在這裡相對而坐（順帶一提，這套桌椅原本是因為室內塞滿雜物，只好在倉庫進行質詢……更正，進行偵訊所使用的東西）。

「──那麼，既然是你們兄妹，我想應該已經大致預料到了。」

摩利賣關子的開場白，使得達也有種「咦？」的感覺。

她散發一種微妙的緊張感。

當然不可能是因為深雪在場。她們兩人幾乎每天都會在學生會室見面。即使不知為何少有機會交談，高年級的摩利沒理由這時候還會緊張。

「……我想商量真由美的事。其實我也擔心達也學弟剛才點出的問題。」

「是關於『學生會幹部不再限定由一科生擔任』的反對派？」

看不出摩利緊張理由的達也如此附和。

「對……我也覺得反對派太安分了。在春季那場集會，反對者可能是被現場氣勢蓋過，所以沒有明顯表態，但是內心反抗真由美這項提議的傢伙應該不少……才對。同樣是第一高中學生，我不願意想像這種事，但是可能有人因為和平的幕後布局沒能順利進行，就改為採取暴力手段。我認為一定要充分提防這一點。」

「確實有可能。」

不會猶豫或抗拒進行這種思考的達也，非常乾脆地朝著面帶愁容的摩利點頭。

「真由美她——該說人品好還是大小姐出身，有時不太懂這種『他人的惡意』。那個傢伙應該無法理解狗急跳牆的心情。」

達也在心中點頭。

看來摩利是在害羞。

她們兩人鬥嘴是交情很好的證明，這一點在旁人眼中清清楚楚。就達也看來，摩利擔心真由美是「理所當然」，但摩利似乎不這麼認為。

「像剛才……她看起來也沒有很認真接受達也學弟的警告。真由美擁有『多重觀測』的特殊技能，只要對周圍提高警覺，應該沒人足以暗算她；但是那種能力必須自行發動偵測，不是自動感應型能力，要是欠缺戒心就是暴殄天物了。」

「這樣啊……」

所以摩利想讓自己和妹妹做什麼？達也如此心想。

「啊……抱歉，話題變得不著邊際了……」

幸好用不著達也詢問，摩利就自行了回到正題。

「所以，我想請你們兩人……今天陪真由美一起放學。」

「——意思是要送會長到家？」

「用不著送到家門口——不，如果可以這樣最好。我覺得在校內無須擔心。畢竟她在教室總是被許多跟班圍繞，學生會室也有市原與服部在。我最擔心的是放學時段。那個女人不知為何，離開學校就不讓任何跟班靠近。」

「不是因為她是十師族的直系嗎？」

達也不經意插入的這句附和，使得摩利以表情述說「我至今沒想過這一點」。

「……是這麼回事嗎？」

「天曉得。我不是十師族，所以這只是我的想像。」

「不，或許猜對了……總之，真由美大多是獨自放學回家。在校外把犯行偽裝成意外也比校內簡單。如果不是這個時期，我就會找服部幫忙，但那個傢伙做完學生會的工作，似乎還要到社團聯盟進行各方面的準備……基於這個原因，達也學弟，我想拜託你。既然你擁有最強的對抗魔法『術式解體』，他人以任何手段暗算都不成問題吧？」

摩利這番話讓達也的心中抱持了一個疑問，不過他沒能說出口。因為深雪在他開口之前就已經先回應摩利了。

「請交給我們。交給哥哥肯定不會出錯。」

摩利最後那句話表面上是詢問，實際上卻是挑釁或煽動。由於深雪這時候做出莫名起勁——暗藏競爭心態的回應，所以達也「為什麼委員長不自己陪她放學？」的壞心眼詢問，就以未爆彈的形式收場了。

要說取而代之也不太對，達也露出壞心眼的奸笑注視摩利。

「怎……怎麼了？你想說什麼嗎？」

「不，沒事。」

「我沒有別的用意喔。畢竟現在那個傢伙受傷的話，在各方面都不太方便。她明明自己也知道這一點，卻令人提心弔膽……我可不是在擔心那個傢伙啊。」

達也看著拚命講藉口的摩利，「委員長還真是傲嬌得可以」的想法——不曉得是不是有出現在他的心中。

◇　◇　◇

「——辛苦了。這樣就為明天做好萬全準備了吧？」

真由美進行總結的詢問。

「是的，資料都備齊了。」

梓如此回應。

「會場也檢查完畢。」

服部以沉穩的聲音回報。

但服部不只是回答，接下來他還愧疚地表達歉意。

「……會長，我由衷感到過意不去。」

「好了，範藏學弟，辛苦了。你這邊可以收工了。」

真由美也知道，服部接下來要到社團聯盟交接。

「會長，抱歉……」

「沒關係，小梓也收工為明天做準備吧。」

服部以過意不去且更加依依不捨的樣子前往準備大樓。接著梓慌慌張張地整理私物，匆忙說聲「告辭了」就離開學生會室。

「深雪學妹也一樣，今天可以先走了。」

真由美同樣對深雪這麼說。即使兩名二年級生已經回去（正確來說只有梓回去），深雪卻不知為何沒有離席。

「方便的話，請容我在這裡多等一下。」

但深雪做出這個罕見的回應。

「是要等達也學弟？」

「是的。哥哥好像在收不到訊號的地方，連絡不上。」

「收不到訊號的地方……」

「說不定是地下資料庫？」

鈴音朝著疑惑地歪過腦袋的真由美打耳語（話雖如此，其實是連深雪也聽得到的音量），真由美恍然大悟地點了點頭。

「那個祕境啊……一旦進入了那裡，確實會連絡不上……沒關係，反正我也要再整理一下才回去。啊，鈴妹先回去吧。妳今天有要事吧？」

「……是的。會長，不好意思。」

「沒關係。相對的，明天會請妳好好幹活。」

真由美這番回應，令人質疑她是否有關懷之意。鈴音面帶微笑默默向她行禮致意。

深雪與真由美，在只剩兩個人的學生會室默默面向桌子工作。

不久之後，真由美剛好伸個大懶腰時，響起相關人員（也就是ＩＤ卡登錄在進出管理系統的人）進入室內的電子音效通知。

深雪起身看向門口。

「久等了。」

正如她的預料，進來的是達也。

「不，沒那回事。」

深雪開心地快步跑過去，真由美見狀露出有點無奈的笑容。

「雖然早就知道……但你們感情真的很好。」

「咦，會長，只有您一個人？」

「被當成耳邊風了嗎……無妨。對，今天只剩我和深雪學妹兩人。」

真由美如今也不會被達也厚臉皮的作風打亂步調，一如往常輕易地切換心情。

「我來幫忙吧？」

「哎呀，真難得。」

不過下一句話令她打從心底頗感驚訝。

「該不會要下雪了？」

「我辦不到……但交給妹妹就易如反掌。深雪，會長說她需要雪。」

「我明白了。那麼哥哥，大概要多少？」

「我想想……積個十公分應該很夠吧？」

「等一下！暫停～！用不著下雪！」

真由美原本當成玩笑話置之不理，但兩人表情正經八百，因此她在「萬一」的焦慮驅使之下連忙阻止他們。

「真是的……玩笑都不敢放心開了。」

「我當然是開玩笑啊。」

達也毫無笑容地如此說明，真由美以充滿質疑（不信任感）的眼神看向他。但發現毫無效果之後無奈聳肩。

看來她也相當習慣達也的作風了——不過是彼此彼此。

「玩笑話先放在一旁……」

真由美抬頭瞪向達也，達也理所當然地視若無睹。

「天色快變暗了，還有工作沒完成的話，我來幫忙。」

日曆的日期已經過秋分了。「天色快變暗了」這句話毫不誇張。

總之（？），真由美算是理解到達也這番話似乎是出自於善意（但也有可能是「誤解」），表情柔和了起來。

「嗯……不用，我也要回去了。謝謝你的關心。」

「這樣啊。」

「那麼會長，要不要一起走到車站？」

達也斷然作罷，緊接著是深雪如此提議。

真由美即使心想深雪難得這麼說，卻還是自然地笑逐顏開。

「你們不是要和其他人一起回去？」

「畢竟時候這麼晚了。我從一開始就知道進『地下』探索得要花上不少時間，所以就讓他們先回去了。」

「……這麼說來，你是去資料庫找什麼？」

「我是在尋找關於『賢者之石』這個古式魔法的文獻。數位資料庫的文獻中，沒有特別值得一看的相關記載。」

「……真是狂熱……不，專業的調查。」

「我想試著以道具彌補天分的不足。」

「是……是嗎……？」

達也意外嚴肅的動機令真由美畏縮。

「……慢著，能使用『術式解體』的魔法師講這什麼話。光是能使用那個魔法，警方或國防軍之類的單位就搶著挖角了吧？」

但她立刻板著臉鼓起臉頰。

真由美知道，達也確實對自己的魔法天分抱持著偏差想法，也知道這和一般的「自卑感」有些不同。被貼上「劣等生」這個標籤的達也，在各方面的機會都受到限制，他只是對這種社會制度感到厭煩。

真由美剛剛不小心忘記了這一點，表現出理所當然的同情。她感覺這樣的自己似乎被捉弄而有點生氣。

達也在國際基準的魔法師分級應該無法位居高階，但是從社會（職業）需求來看，太多地方需要他這種在特定領域擁有傑出技能的人才。

「達也學弟啊，我覺得你並不需要過度強調自己是『劣等生』。這是因為，你已經留下了那些只有成績優秀的人望塵莫及的亮眼實績……以你這種態度，有可能會招致一科生與二科生兩方面的嫉妒喔。」

「我自認沒有強調就是了。」

達也自認並沒有主動自稱「劣等生」，他完全沒有也沒發揮這種自虐嗜好。現在也只是真由美（間接）詢問調查資料的用意才如此回答——不過他調查「賢者之石」的真正原因，和他的目標「常駐型重力控制型熱核融合反應爐」有關，天分不足云云只是隱藏真相的謊言。

這一點暫且不提，總之達也自認沒有主動強調自己是「劣等生」。

然而……

「……不，我今後會注意。」

他在最後如此回答。

達也知道真由美是在關心他。

從校門到車站的這條路，兄妹倆平常都是和雷歐與艾莉卡等人一起走，今天則是和真由美共三人一起走。深雪有點緊張還可以理解，連真由美都有點緊張，或許就該說令人會心一笑了。真由美以雙手把書包提在身體前面，稍微低著頭默默地前進。這副模樣令人想問「您是哪家的千金大小姐？」——但真由美確實是千金大小姐就是了。

達也同樣不會主動提供話題，「閒話家常」尤其是他不擅長的領域。加上他正在提防反對派的襲擊。所以三人幾乎沒有交談，就即將走完通往車站的三分之二路程。

「……噯，達也學弟。」

「什麼事？」

因為處於這種狀態，真由美忽然搭話時，達也還以為發生狀況而稍微繃緊身體。

「其實你們兩人在等我回去吧？」

即使有所準備，這句指摘還是令他嚇一跳。

達也一時之間沒能回應，真由美不以為意，如同自言自語般繼續說：

「是摩利對你們說了什麼吧？例如反對派可能會襲擊，要你們送我回家之類的。」

「……會長，真佩服您猜得出來。」

老實回答的不是達也，是深雪。真由美的推測正中紅心，深雪領悟到不可能完全瞞混過去，希望至少製造「並非達也招供」的不在場證明（？）而插嘴。

「放心。」

真由美朝深雪輕聲一笑。

「我不會告訴摩利，已經從你們口中得知真相。」

一切完全被看透，使得深雪害羞地低下頭。

「但您為什麼要說這件事？」

另一方面，達也未刻意露出尷尬表情，卻也不像是認命看開，只以疑惑表情詢問。

「這是為了讓你們知道，用不著陪我一起回家沒關係。啊，別誤會，我不是說你們會造成困擾之類的意思。」

達也默默點頭催促她說下去。

「我猜，摩利是說我獨自上學和放學回家太不小心吧？不過，我不和其他人一起回家，是防止有萬一的時候波及外人。」

「意思是……不限於這一次？」

「沒錯。由我自己來說似乎也很奇怪，但我是『千金大小姐』，所以容易因為利益或是政治因素被盯上。」

「千金大小姐」這個詞絲毫沒有自豪的語氣，只蘊含自嘲的味道。

「因為七草家是十師族成立至今，從來沒有落選的名門。」

達也的言外之意是「這也無可奈何」，真由美對此微微露出苦笑。

「……總之就是這樣。所以我被教導隨時提高警覺，也做好隨時發動魔法的準備。」

真由美舉起左手拉開袖子。從袖口露出的ＣＡＤ不是關機狀態，是待命模式。

「何況我有隨扈。」

「咦，是這樣嗎？」

深雪環視四周，卻沒看到類似隨扈的人影。

「……我讓他在車站等。」

真由美微妙地移開了視線。

「在通學的路上帶著隨扈，我終究還是會不好意思。」

移開視線的原因肯定如她所說，是因為不好意思。

「啊，所以才說我們『用不著陪您一起回家』……因為隨扈在車站待命。」

達也聽到這裡，總算露出認同的表情點頭。

「一點都沒錯。」

不過，理解會產生新的好奇心。

「但您為什麼要告訴我們這件事？」

達也知道問了也沒用，卻無法壓抑好奇心。如果剛才這番話是真的（但她沒說謊的理由），應該有某些連摩利也不知道的私人隱情。

「唔～……大概是因為，我想和達也學弟與深雪學妹一起回家？」

看到真由美有點靦腆地回答時的表情，達也有種「可能不該問……」的預感。

「包括我？」

沒和哥哥擁有相同預感的深雪微微歪過腦袋，真由美向她投以「姊姊」般的笑容。

「是的。去年秋季當選學生會長的我，前半年同樣過得頗為充實，但這半年對我來說，真的是非常充實的時光。」

接著真由美將眼神移向達也。

「而且，這肯定是託兩位的福。」

「……我覺得您高估我們了。」

達也面無表情地反駁，真由美以極為從容的笑臉輕聲一笑。

「我最近才知道……達也學弟其實個性很靦腆吧？」

達也以面具般的冰冷表情啞口無言，真由美見狀像是按捺不住情緒似地笑開懷。

「這……這種地方就和年齡相符吧？但我經常覺得你大約謊報十歲年齡。」

除了真由美，不少朋友也經常質疑達也謊報年齡，他只能板著臉保持沉默。

真由美以食指拭去眼角滲出的淚水——笑過頭了——開朗地看向兄妹倆。

「……小梓與範藏學弟都是非常好的孩子。不過，你們兄妹肯定是我高中時代最值得回憶的出色學弟妹呢。」

真由美投以最燦爛的微笑，使得深雪也同樣語塞。

但和哥哥不同的是，她連耳朵都紅了。

司波家——雖然這麼說，但父親總是待在後妻的家，因此這個家實際上是達也與深雪兩兄妹的家——是占地相當大的私人住宅。不過即使如此，相較於如同宮殿的北山邸或七草邸（達也與深雪都沒有實際看過這兩間宅邸）也只是「私人住宅」的等級。

不過，也不能只形容為私人住宅。

司波家地底擺滿大學研究室等級的魔法工學研究設施（這樣形容好像祕密基地，不過只是把地坪和一樓相同的地下室整個改造為研究室而已）。

從這間地下研究室走上客廳的達也難得露出疲態，讓身體深深埋入沙發。

以拇指與中指用力按摩兩側太陽穴，再搖頭兩次。

接著就這麼看向天花板，放開思緒不予控制。

湧上心頭的雜念是今天傍晚的記憶。

是護送真由美到車站之後，她所介紹的那位隨扈。

護衛真由美的人，出乎意料是男性。

達也認定護衛妙齡女性的隨扈絕對是女性，因此老實說他大吃一驚。不過對方是超過五十五歲的老紳士，或許確實不用擔心世俗眼光。

這名即將步入老年的紳士，給人的印象與其說是隨扈更像管家；與其說是管家更像「老爺子」的感覺。但他背脊筆直，體格偏瘦又結實，光看一眼就知道完全是「現役」狀態。他特徵顯著的言行舉行被一層恭敬有禮的外衣包覆，卻看得出他具備軍務資歷，而且長期在軍中服役，是擁有相當地位的武官。

這件事本身並不稀奇。二十一世紀末歷經匹敵上個世紀的戰亂時代，歧視退役人員的愚昧傢伙，反而會先遭到社會排除。即使退役魔法師活用經驗與技能受聘為名門隨扈，也完全沒有引人在意之處。

達也注意到的是這名隨扈的名字，正確來說是姓氏。

「哥哥，您還不休息？」

循著聲音看去，身穿粉紅色睡衣的深雪站在客廳入口。

「我才要問深雪，還不睡嗎？明天……不，已經是今天了。妳要擔任司儀吧？」

深雪負責主持今天的政見演講。歷年來都由學生會一年級幹部負責這項工作。

「因為我有點渴……」

深雪感覺到哥哥言外之意是喝斥她早點睡，戰戰兢兢地說出類似藉口的這句話，揚起眼神觀察達也的臉色。

「那就沒辦法了。」

將妹妹捧在手心寵愛的達也，露出像是苦笑的笑容點頭。

深雪的表情立刻開朗起來，以近乎小跑步的速度來到達也身旁。

妹妹以眼神詢問，哥哥以眼神准許。

深雪開心地笑著坐在達也身旁。

差不多要進入日夜溫差大的時期了，但深雪身上依然是涼爽的夏季睡衣。短袖加上七分褲，薄薄的布料隱約凸顯身體曲線。半夜和男性獨處時不應該穿成這樣，但達也刻意不提這件事——要是說出口，或許會挖出一個足以埋掉自己，或是專門用來埋掉自己的墓穴。

「您在想什麼呢？」

不曉得深雪是否知道達也的想法，她像是嬉鬧般把臉湊過來如此詢問。

達也自覺這個話題沉重得不太適合這張純真笑容，但或許是頗為疲累，他隨口就老實回答了深雪的問題。

「嗯……我有點在意七草學姊的隨扈。」

達也還沒出現「糟了」的念頭，深雪就收起臉上的笑容。

「記得他是名倉先生吧？」

真美介紹那位老紳士是「名倉三郎」。

「哥哥在意的事，難道是……『失數家系』？」

深雪只以一句話就看穿自己的想法，使得達也露出苦笑。如果深雪沒想到這個可能性，達也認為其實用不著讓她察覺。但是既然被她察覺，就不能含糊帶過。

「雖然我覺得不太可能……但他是個護衛的對象即使不是十師族繼承人，卻也是十師族直系後代的幹練隨扈。既然不像我們冠上假姓氏，就無法否定他可能是『失數家系』。」

「記得除了四葉，沒有別的家系有這種使用假姓氏的家規……」

「這也不得而知。如同其他家系不曉得四葉的家規，包含十師族另外九家與師補十八家共二十七家系之中，可能也有某些家系擁有四葉不知道的習慣。」

「不過……如果是姨母大人就算了，凡事注重體面的七草家，會雇用『失數家系』擔任長女護衛，容許他如此接近本家嗎？」

「或許正因為七草注重體面，才會重視行事原則避免歧視。」

「原來如此……也有這種觀點……」

失數家系——亦被簡稱為「失數」，是「數字」遭受剝奪的魔法師族群。

剝奪的理由可能是叛國罪、可能是任務嚴重失敗、可能是因為「無能」。

昔日魔法師被視為兵器暨實驗樣本的時候，評定為「成功案例」而得到數字姓氏的魔法師，要是沒有立下「成功案例」應有的成績，就得接受「失數家系」的烙印。

如今「失數家系」這個名稱已經禁止公開使用。在魔法師的世界裡，以「失數家系」為理由加以歧視，是嚴重的違規行為。

但是，如同魔法科高中對二科生的歧視延續至今沒有根絕，魔法師社會對「失數家系」的歧視也暗中生根至今，規模比前者更加廣大、更加嚴重。

達也他們這個世代，應該有許多人不曉得自己的家系是「失數家系」。原因在於家長的隱瞞。認定他們是「失敗作」、「缺陷品」的偏見，就是如此根深柢固地植入魔法師的潛意識。

所以，要是名倉出身於「七倉」這個失數家系，達也就很在意七草家當家採用名倉擔任女兒隨扈的意圖。

◇　◇　◇

時間稍微往前推。

大約還有三小時換日時，在確實能以「大宅邸」形容的七草家主宅，真由美在平民有點難以想像的豪華浴室，讓身體悠閒沉入豪華浴缸，低頭看著熱水裡自己的胴體輕聲嘆息。

——她並不覺得自己身材有多差。

——身高在國三就停止成長，但妹妹們和她一樣嬌小，只能當成遺傳問題而死心。

隨著水聲，真由美讓單手單腳伸出水面。

——在服飾店或護膚沙龍，經常有人稱讚她嬌小卻四肢修長。

真由美將手腳放回水中，輕輕觸摸乳房。

——眾人也說胸部和身高相比很豐滿，無論穿任何衣服，腰圍都不會造成阻礙。

——她自己也認為相當出色。

——可是只要面對「她」，即使再怎麼避免注意，自信依然遭受打擊。

真由美在意識之中稱為「她」的代名詞，在潛意識領域中，自動被切換為「司波深雪」這個專有名詞。

——在遇見她之前，從未看過那樣的美少女。

——手腳修長，剛好處於不會看似瘦弱的平衡點。

——腰細得如同會折斷，胸部到腰部描繪的曲線已經很有女人味。

——最重要的是，她的身體左右對稱，精準得令人驚訝。人體明明因為內臟分布並非左右對稱，即使只看表面也不可能完全左右對稱。

就算這麼說，魔法師比起非魔法師的人們，身體左右對稱的程度大多比較高。不提美醜，魔法天分越高的人，骨架越傾向於左右對稱，真由美擁有這方面的知識。

——或許是因為這樣，有時候會覺得她不是真人。

——同為女性的自己也看得著迷。

——真由美不禁認為，擁有她這個妹妹的男生，看到其他女生可能會覺得相形失色。

——至於她的哥哥……

真由美再度無意識地嘆了口氣。

——他外表平凡，甚至令人懷疑是否真的和她有血緣關係。

——長得不算差。

——但頂多是「普普通通」的程度。

真由美把臉沉入水中直到鼻頭。呼氣變成泡泡咕嚕咕嚕地迸開。連真由美也不知道這些泡泡是吐氣還是嘆氣。

——然而，內在和「平凡」差得很遠。

——與其說優秀，不如說超凡。

——現今的魔法師評價基準，是耗費許多時間與精力，由來自世界各處的學者絞盡腦汁所設計而成的。

——他的存在是對這項系統的挑戰。

——依照國際評價基準，他再怎麼高估也只有C級。

——即使如此，他在眾人面前累積的實際成績，凌駕於A級魔法師。

真由美從浴缸抬頭深吸一口氣，在嘆息兩三次之後輕聲一笑。

——教職員室的人們應該覺得傷透腦筋。

——校方想從根本修改延續幾十年的制度，設立全新的「魔法科」與「魔法工學科」。聽說這項計畫已經頗有眉目。

真由美露出苦笑搖頭。

——即使如此，也無法完全對應他的存在。

——若他只有智力與知識優秀，就不會造成這種程度的混亂。

——年僅高一，就精通幾乎無人會用的最強對抗魔法。

——受到致命魔法打擊，依然面不改色繼續戰鬥。

——聽說上次的恐怖分子，事實上都是他獨力擊潰。

——「魔法力」與「魔法戰鬥力」的不平衡。

——不，就算只看知識這部分，單純變更課程內容也不一定足以對應。

洗澡水的溫度夠高，然而真由美身體卻大幅地顫抖。她知道並非肌膚感受到寒意，但還是深

——雖然沒有告訴他，不過今天引介名倉給他認識是一項測驗。

——測試他是否能從「名倉」這個名字以及外表察覺。

——向他介紹名倉時，他的目光在瞬間——真的只在一瞬間有所動搖。多虧真由美全神貫注才沒有看漏。

——他察覺到「名倉」的意思。

——這代表他和真由美或十文字一樣，和現代魔法的「黑暗面」有所接觸。

——他不是普通魔法師。

——不是無名家系的魔法師。

——「司波」達也，司波，Shiba，四波。

——或許他也是「失數家系」……

真由美以幾乎泡暈的大腦如此思考。

【4】

校內從早上就籠罩著浮躁的氣氛。

今天下午課程全部取消，改為進行學生總會、政見演講與選舉投票。

現代高中幾乎不舉辦以班級為單位的集會，因此這是十分重大的活動。

不只如此，在本次的學生總會，預定提出一項大幅修改學生自治制度的議題。

贊成派與反對派，其實在暑假前就開始暗中較量。

現任學生會長七草真由美備受支持，加上這項提議原則上難以反駁，二科生隊伍在「祕碑解碼」新人賽的活躍可能也造成了影響，使得贊成派占壓倒性的多數。但反對派依然存在並且頑強反抗，明白現狀的人們對此感到更強烈的危機，使得籠罩學校的氣息也更不平靜。

◇　◇　◇

「都到齊了吧？現在要進行崗位的最終確認。」

上午的課程結束之後，所有風紀委員在委員會總部集合。

大多採輪班且各自行動的風紀委員，鮮少全員到齊。學生總會是少數讓全體風紀委員總動員的一個活動。

「委員會基本上負責講堂內部。講堂外面以系統監視。這部分由自治委員會支援。」

風紀委員共九人。必須以這些人守備全校五百六十名學生聚集的會場，所以沒有餘力應付場外的可疑人物。即使除去人力因素，從校外入侵的無賴之徒，也不應該由學生負責應付。

「大門是我與千代田，後門麻煩辰巳與森崎……」

聆聽摩利指示的達也，覺得她不同於以往，相當有幹勁。

話中使用了有求於人的字眼。在風紀委員會這種只有自己人的場合，很少看她這樣。

「……講臺右邊麻煩澤木，左邊麻煩司波。以上。」

包含摩利在內的所有人起身表達確認之意。

達也的崗位是講臺旁邊。

這代表萬一「激進派」意圖襲擊臺上幹部時，他與澤木將共同擔任最終防衛線……但達也幾乎不擔心會發生這種事態。

昨天他和真由美一起放學回家就明白，第一高中沒有學生魯莽到敢襲擊真由美。應該說眾人肯定知道在校內襲擊真由美是魯莽之舉，尤其是高年級的男學生……

「那麼立刻各就各位。司波，你留下來一下。」

只剩他們兩人之後，摩利恢復往常的語氣。

「事不宜遲。達也學弟，昨天怎麼樣？」

沒必要重新確認摩利想問什麼。

「總共差點被襲擊三次。」

摩利繃緊表情。

「不過遇襲的是我。」

但她聽到第二句話，就露出如同表達「啥？」的表情。

「唉，看來我稍微低估會長了。」

「……不介意做個說明吧？」

「簡單來說，應該是後援會。」

達也語重心長地說出的這個名詞，使摩利露出認同的表情。

「換句話說，是因為誤會而招人嫉妒？」

「當時深雪也在，他們應該知道不是那種狀況才對。」

達也回想起昨天的經歷，（精神上的）疲勞就再度上身。至少達也自己是這種感覺。

「總之，我光是啟動ＣＡＤ，對方就沒有斷然採取進一步的具體行動。對方也不想做出蠢事被會長討厭吧。」

「原來如此……」

「在那種視線的交叉砲火之中，反對派想出手也無從出手吧……只要對會長發動攻擊就會當場被圍剿，這種事顯而易見。」

無論反對派的信徒再怎麼瘋狂，也不會願意枉死。自爆恐怖攻擊是建立在能危害敵方（的同夥）的原則。既然知道子彈無法射穿防彈玻璃，發動狙擊只會暴露自己的所在位置，狙擊手就不可能輕舉妄動。

如此擔心的自己好像笨蛋。同樣擁有這種心情的兩人，相互露出略顯疲態的笑容。

……基於這層原因，達也的幹勁等級近乎是零。

他擺出徒具形式的正經八百態度——這是裝出來的——站在講臺左側階梯旁。

仔細想想，這只不過是高中學生會幹部選任資格的問題。即使「學生會長」這個地位意味著龐大的實質利益，「副會長」或「書記」這種頭銜，在畢業之後便不具重大意義。依照第一高中的制度，只要學生會長有意，也可以選出兩名副會長或是四名書記。所以二科生是否能擔任學生會幹部，只是面子與自尊的問題。

而且只攸關極為渺小的自尊。

（難道我被「俗世」汙染過頭了嗎……）

為了理想、為了金錢、為了面子、為了自尊……這是一個人命可廉價交易的世界。達也完全沉浸於其中，抱持著像是觀看大銀幕的非現實感，遠眺著眼前認真企圖以理性溝通消除價值觀差異的「舞臺」。

「……基於上述理由，我提議廢除學生會幹部選任資格的限制。」

真由美將議案說明完畢時，三年級區有人迅速舉手。

達也沒印象的一科女學生（換句話說就是沒參加九校戰，實力不足以獲選為九校戰成員的學生）站上質詢席。

現代的收音麥克風性能，足以接收五十公尺遠的日常對話，所以刻意設置質詢席的行為本身只是一種形式──一種美感的呈現。

大大小小的布景道具，逐漸從達也視界奪走現實感。

「……以原則來說……很正確……」

名為「質詢人」的反對派的話語，只有斷斷續續傳入耳中。

不過達也沒使用耳塞，有可能造成麻煩事的發言，會穿過潛意識濾鏡傳入意識。

「以現實問題的層面來說，有必要變更制度嗎？換句話說──您是想採用哪個二科生擔任學生會幹部呢？」

意圖顯而易見的這段質詢，令達也不禁蹙眉（質詢內容本身和他無關，所以他不覺得必須隱藏起自己的表情）。

達也認為適度轉移話題是上策，但真由美不知道基於什麼想法，也可能是毫無想法，居然正面回答這個問題。

「我今天就要交出學生會長的位子。因此我不會指派新幹部，也沒想過這麼做。」

「不過，您可以指使下一屆學生會長，任命您中意的二科生擔任幹部吧？」

（居然用「中意」這種字眼……）

達也心想，她居然形容得這麼露骨。

「我沒想過把下一屆會長當成傀儡操縱喔。」

稍微調侃的語氣，使得場中微微響起笑聲。

「任命下一屆學生會幹部，是下一屆學生會長的專屬權利。我完全不打算介入。」

「那麼也就是說，您知道下一屆學生會長屬意把某個二科生留在身邊，所以在這次提議修改制度，對嗎？」

話中帶刺的言論造成講堂騷動。看來不只是達也覺得發言失當。

「請肅靜。」

以清亮語氣提醒眾人的，是協助議事進行的深雪。

會長真由美以當事人身分接受質詢，所以臨時由服部擔任司儀，深雪擔任助手（順帶一提，這所學校的學生總會，沒有設置中立立場的「議長」）。

「……我對於您這個問題的答覆是『否』。在這次提出這個議案的原因，在於我只剩下這個機會。我認為不能把對立的火種留給學弟妹，這是學生會長的責任與義務。」

達也在內心感嘆，看來她在競技場外，也確實能展現這種英姿煥發的表情。

「如果沒有實際想指派為幹部的二科生，就不會造成對立。」

另一方面，達也覺得這個質詢人——記得應該叫作淺野——在賭氣堅持己見。

「這不是有沒有人選的問題，淺野同學。制度代表組織的思考方式。二科生不能擔任學生會幹部的這個制度，反映出即使二科生能力再好，學生會也絕對不選二科生擔任學生會幹部，反映學生會認為二科生沒權利擔任學生會幹部。這種『一科生得天獨厚』的想法是錯的。」

達也覺得她的形容詞用得很重，但會場響起熱烈的掌聲。

而且並非只來自二科生。

「這是詭辯！」

籠罩講堂的氣氛，使得再怎麼遲鈍的人都不得不自覺到形勢不利。不曉得該形容為「再度如此」還是「自然如此」，淺野的語氣變得歇斯底里。

「會長想讓某個二科生進入學生會，才想廢除資格限制吧！真正的動機是偏心吧！」

臺下零星響起有人自暴自棄地大喊「沒錯！」的聲音，卻立刻被噓聲風暴吹垮。引發風暴的大浪同樣捲向質詢席。

「七草會長！您真正的目的，是讓那個一年級的進入學生會吧！」

歇斯底里大喊的淺野指向達也。

「我知道！您昨天放學也和那個傢伙一起走到車站吧！」

這大概是自暴自棄、妄自菲薄的發言。

淺野表情抽搐。

然而這番話，發揮出乎意料的顯著效果。

噓聲風暴平息到鴉雀無聲。

全校學生的目光，在真由美與達也之間來回。

達也看到真由美微微臉紅的樣子，心想：「露出這種表情只會增加誤會吧！」但現在逼不得已暴露在眾人目光之下，他不可能如此吐槽。

打破僵局的，是來自講臺的一句冰冷話語。

「您要說的只有這些？」

深雪不知何時（應該是剛才）起身。

冰冷俯視的視線，射穿學姊的臉。

即使是從講臺後方，不，正因為從講臺後方，這對視線以女王般不容質疑的威嚴，將學姊企圖捏造謠言的嘴唇縫死。

（魔法……沒發動。）

達也首先確認的是深雪是否失控。

這股壓力不是來自於魔法。

即使沒發動魔法，講臺上也釋放出剝奪身體自由的嚴冬寒氣，連達也都感覺得到。

「我判斷您剛才的發言，隱含無法忽視的個人中傷。因此我以議事司儀助理的權限下令您退場。若您有所不服請提出證據，證實七草會長對特定一年級學生抱持特別情感。」

「這……」

淺野當然支吾其詞。

「真由美對達也抱持特別情感」本來就只是臆測，淺野好歹也自覺到，若以此當成真由美本次提議的動機，完全只是一種中傷行為。

深雪冰冷地凝視佇立不動的淺野。

沒有使用魔法，而是以雙眼蘊含的輕蔑之意，試圖凍結對方的心。

如今，企圖連同她哥哥一起中傷的這名煽動者，連一根手指都動不了，呆立在原地。

權威、排名、階級……沒有社會經驗的高中生和這種東西無緣。但是這幅光景如同向他們明示「威嚴」這個詞是用來形容何種場合。

「——更正。沒必要退場，但請容我們終止質詢。淺野學姊，請回座。」

好不容易出面收場的是代理司儀服部。「好不容易」……這句話代表的是，他剛剛也被深雪釋放的壓力吞沒了。

深雪優雅地行禮坐下，淺野就這麼完全無法回嘴，僵硬地回到自己的座位。

結果，反對派的妨礙計畫不了了之。

後來講堂籠罩著難以隨口奚落的氣氛，逐漸順理成章地（或者是虎頭蛇尾地）進入電子投票程序。學生會幹部資格限制廢除議案，以多數贊成通過。

接著終於來到梓的選舉演講。

參選人只有一人，所以比較接近「信念發表演講」，但形式上還是要進行表決投票（而且不是電子投票，是使用紙張選票）。梓以幹勁與緊張相間的表情走向演講臺。

她行禮致意之後，響起熱烈的掌聲。

各處混雜著口哨聲與歡呼聲，但是梓一開始演講就立刻停止。

達也與深雪不熟悉演藝圈所以不知道，現在的氣氛很像是可愛&嬌柔型女歌手舉辦現場演唱會時，擠在周圍男歌迷們的熱情。

梓是理論與實技成績都名列前茅的高材生，卻絲毫沒有驕傲自大，個性謙虛親和。加上她可愛的外型，使得她在校內建立和真由美不同風格的「易於親近之偶像」的地位。這也是達也所不知道的事情。

梓出乎意料（這麼形容對她或許很失禮）以流利口才發表「政見」與「政策」。基本上是繼承了本屆學生會的立場，看得出很多部分傾向於高中生易有的觀念論，但演講大致來說進行得很順利——不時會響起「撐住～」或「加油～」這種奇怪的聲援，這方面總之敬請見諒。

接下來的風波，發生在提到下屆學生會幹部的時候。

「——尊重今天的決議，下一屆的學生會幹部，我想不分一科生、二科生的限制，採取選賢與能的方針。」

『是指那個二科生嗎～？』

『梓妹妹喜歡狂野的學弟型啊～』

契機是這種非常低級的奚落。反對派被壓制至今，不完全燃燒而悶燻的不滿心態，以最低劣的形式釋放了出來。恐怕是他們潛意識盤算梓不會反擊，而是裝作沒聽到。

這是天大的失算。

梓確實沒對這些奚落表示任何意見。

『剛才是誰說的！』『竟敢對中条同學亂說話！』『想講什麼給我到前面講！』『把卑鄙的傢伙吊起來示眾！』

……原因在於場內像這樣大亂，梓無暇表示意見。

會場正中央區域爆發肢體衝突。

出言奚落的反對派，和附近的梓的支持者互抓領口。

「麻煩安靜！請坐下！」

「請各位肅靜！」

「大家請冷靜下來！」

深雪、服部與真由美反覆放聲大喊，但是火上心頭的學生們沒聽進去。

拉扯衝突的範圍越來越大。

叫罵聲也越來越不堪入耳。

這是毫無技術可言，亂成一團的幼稚爭吵。但貿然介入只會受到波及一同被推擠。

如果不用在意傷到人，這種問題就很容易處理……對於這難以收拾的場面感到頭痛的達也，以眼神和澤木與辰巳溝通之後，下定決心進入人群。

但他的決定慢了一步。

在反對派臆測達也和梓的交情，說出極低俗的奚落的瞬間，少女的斥責聲鎮壓騷動。

「給我安靜！」

沒造成音響嗥鳴卻莫名響亮……這種想法是錯覺。

少女不是以音量，是以聲音的力道，使得扭打成一團的學生們的意識被壓制。

學生們反射性地看向聲音的來源，在下一瞬間反射性地閉上眼睛，眨了好幾次眼睛後，再度仰望講臺。

舞臺上，想子光的暴風雪瘋狂肆虐。

強烈的憤怒即將侵蝕世界。

現代魔法是構築虛偽現象的情報體並將其投射，藉以改變世界。

沒有系統化的意識，理應不可能成為魔法發動。

然而，失控肆虐的情緒，卻要將世界拖入這股混沌。

脫離常軌的強大干涉力。

這樣下去，不曉得講堂何時會遭到冰封。

真由美、服部、鈴音與梓同時伸手要拿ＣＡＤ，制止這個冰界女王——深雪。

——幸好，「學生會幹部之魔法大戰」這種最壞的狀況，在即將爆發時得以平息。

不知何時站在講臺上的男學生背影，從學生們的視界阻絕少女的激動情緒。

少年以雙手搭著少女的雙肩，看來像是將她試圖改寫世界的力量包覆、壓抑下來。

兩人對話的內容，或是不發一語只以眼神互訴的內容，臺下不得而知。

但是，直到少年放開了少女走下舞臺為止，一至三年級全體學生的視線，都緊緊盯著深情對望（？）的兩人。

◇◇◇

後來會場完全恢復秩序，如同心魔盡去。

沒人出言奚落，也沒人以演唱會般的心情聲援。

演講依照預定肅穆結束，學生們像是被豢養成性的羊群列隊投票。

以學生會經費聘雇的第三方人物當天開票，投票結果於隔天早上公布。

結果是——

「小梓，恭喜妳。」

「恭喜妳，中条。」

「中条學姊，恭喜您。」

——不用聆聽一大早在學生會室各處傳來的祝福聲也知道，梓順利當選為學生會長。這個事件就此落幕——本應如此。

「……司波學妹，我覺得不用這麼在意。畢竟是無效票。」

「達也學弟，真可惜啊。」

兄妹倆聽著鈴音安慰的聲音，及摩利藏不住打趣心態的聲音，面有難色注視記票表。

投票數：五百五十四票。

有效票數：一百七十三票。

各人得票數則是……

「……不過，沒想到居然是這種結果……」

「司波兩百二十票、中条一百七十三票、達也學弟一百六十一票啊……」

「……請等一下。很多人有所誤會而投票給我，這我不得不承認。可是……」

深雪以「不想承認」的言外之意表示意見，並且以壓抑的聲音抗議。

並且至此達到壓抑的極限。

「為什麼『女王大人』或『女王陛下』或『雪后』都算是投給我的票呢！」

深雪以像是要哭出來的聲音大喊。

「因為投票單上寫的是『深雪女王大人』或『司波深雪女王陛下』或『雪后深雪大人』……

沒有其他解釋的餘地。」

鈴音以抱持歉意的聲音安慰，但深雪不可能接受。

「這是怎樣？我被當成擁有變態癖好的人？」

「……不，我覺得他們絕對沒有那種意思。何況，我不認為有人看到妳那個樣子，還有這種膽量……」

摩利如同懾於氣勢——實際上真的稍微將身體往後仰，並且連忙否定。

「那麼，難道我架子擺這麼高？態度這麼引人反感？」

深雪的聲音逐漸真的哽咽。

「……深雪學妹，冷靜下來。沒人這麼認為。」

真由美盡力以柔和的聲音想安撫深雪情緒，卻幾乎沒有效果。

「請把投票單借我看！我要查出究竟是誰寫的！」

「這太亂來了……何況妳要怎麼查？」

某人輕聲說出的常理論點，在這種狀況也毫無用處。

深雪整個人轉向達也，雙眼迅速溼潤。

「哥哥～……」

深雪隨著求助的視線含淚前來依偎。達也面對這樣的她，暫時擱置自己的困惑。

「深雪，不可以提出無理的要求。這是不記名投票，追究投票人會違反規定。」

達也輕輕撫摸她的頭，以對待孩童的語氣述說。

「可是……可是……」

深雪真的開始哽咽，達也毫無厭煩之意，輕擁妹妹入懷。

「放心。」

達也將嘴湊到妹妹耳際。

「妳不是什麼女王大人。」

聲音溫柔又有深度。

「無論別人怎麼看妳，妳都是我可愛的小公主。」

達也如此告訴妹妹。

「哥哥……」

看到深雪的哭聲逐漸止息，也開始收起煩躁與憤怒情緒，以為這次真的要爆發魔法大戰而提高警覺的眾人，總算輕撫胸口鬆了口氣。

然而，他們立刻基於別的意義按住胸口。

深雪即使停止了哭泣，也沒有離開達也懷抱的意思。

她甚至還開心地以頭與臉頰摩擦哥哥胸膛。過於甜蜜的氣氛，使得眾人心中火燙。

這天午休，達也與深雪兩兄妹沒到學生會室露面。

只是在學長姊面前啜泣就算了，還被看到抱著哥哥撒嬌的樣子，深雪終究會覺得難為情吧。看起來毫不難為情的達也預先寄了這封電子郵件通知，因此真由美他們也沒擔心。

梓在接受同學們的祝福而缺席。

鈴音一如往常，沒事就不會出現。

而且今天克人難得來到學生會室。

「來，請用。」

克人表示是用餐之後才造訪，因此真由美以茶水招待。

克人默默致意，把茶杯拿到嘴邊。

「所以十文字，今天怎麼了？」

摩利和克人一樣不屬於這個單位，卻可能是因為經常窩在這裡，擺出一副把這裡當成自己房間的樣子。克人在摩利的詢問之下，回答「沒什麼事」。

「今天是七草實質上的交棒日。我只是來看她最後一次身為學生會長的樣子。」

「原來如此，是來慰勞真由美啊。」

「哎呀，十文字，謝謝你。」

「沒什麼，不用客氣。」

兩人咧嘴笑著展開的聯手攻擊（口擊？），克人以紋風不動的表情擊退。

「……對喔，就覺得達也學弟很像某人，他在這方面很像十文字。」

「妳說司波？」

克人以眼神詢問「他像我？」摩利聳肩回應。摩利覺得即使表面上相同，但達也是蓄意，克人是自然如此。不過她知道這種事不能說出口。

「說到司波，昨天原本還擔心會怎麼樣……」

摩利可能是認為光靠肢體語言無法完全瞞混過去，試著唐突轉變話題。

「是啊……不過，後來不需要我們擔心。」

真由美與克人或許都關心這個話題，因此立刻加入討論。

「從臺下看不清楚，當時果然是司波阻止了妹妹？」

「對，輸出強度與控制能力令人不敢置信。」

正如克人所說，當時他在臺下看不出真相，但是臺上的真由美他們看得清清楚楚。

那恐怕是「術式解體」的應用。瞬間展開的想子構造體——不是對個別情報體產生作用的情報體，是直接以想子塑造而成的無系統魔法產物——交織成網，將毫無秩序地失控肆虐的大量想子包覆起來，以壓倒性的力量壓縮並灌注回深雪體內。

想子並非誕生於肉體，但肉體是釋放與吸收想子的媒介。使用CAD展開啟動式的過程就是其典型事例。

達也無視於深雪本人的意思，將她恣意散發的想子塞回「體內」。

「即使再怎麼擅長無系統魔法，即使有血緣關係，別人的想子是這麼輕易就能夠操縱的東西嗎？這件事當然得考量到深雪當時無法完全控制己身想子，可是……」

真由美提出這個疑問。

「這也是古式魔法的技術嗎？記得『仙術』擅長控制想子……」

摩利以推測的形式提出解答。

「不，古式魔法本來就要經年累月才能精通。據說仙術是修煉特別耗時的系統。」

克人以「光是這樣無法說明」間接否定摩利的推測。

「看到妹妹的實力，我覺得果然不能忽視遺傳的天分……」

「但那個傢伙說過『自己不是十師族』吧？」

這次輪到摩利對克人的推理提出反對意見。

「嗯，他看起來不像說謊。」

摩利與克人的思緒至此走到死路而納悶。

「……別再討論這個話題了。追究血統不是好事。」

真由美忽然提議中止討論。

摩利與克人都對真由美忽然改變的態度感到不自然，但魔法師追究遺傳血統確實違反禮儀，他們更是無法反駁。

真由美內心當然隱藏某種想法沒讓兩人知道。

她擅自認定，如果達也是「失數家系」，追究這件事就是禁忌。

——就這樣，在達也、真由美或任何人都沒有特別意圖的狀況下，真由美成為達也隱藏真實身分的助力。

後記

感謝各位本次也購買《魔法科高中的劣等生》。若您是首度購入本作品，容我藉這個機會請您多多指教。我是佐島勤。

如同第四集後記所述，第五集是短篇集。依照時期，有五篇發生在九校戰結束後的暑假，一篇發生在九月一日至十月一日。某些角色遭遇到難以形容為「和平」的狀況，但也請當成一場豔遇見諒吧。當事人應該也留下了美好的回憶。

那麼按照短篇集的慣例（？）為各篇進行解說。

〈夏日假期〉

好想寫點酸酸甜甜的青春故事啊～&好想寫泳裝場景啊～……本篇就是以這種俗念為動力創作而成。我寫稿時是非常起勁地敲打著鍵盤。我覺得這是「從陶醉中醒來就輸了」的內容，所以只有修掉某些太過牽強的部分。

〈優等生的校外課程〉

讓森崎同學這個嘗不到甜頭的角色活躍一下吧——本篇就是以此為宗旨。他是個肯做就做得到的孩子——所以就讓他好好努力了。

〈Emilia in Wonderland〉

篇名的來源不用說，就是有兔子、撲克牌與蛋出現的那個故事。但是這篇只有撲克牌登場就是了。不曉得十三束同學成為兔子的那一天是否會來臨呢？他能不能逃離艾咪的魔掌呢？……並不是這樣的內容。

〈友情、信賴、戀童嫌疑〉

這是第三高中的一年級搭檔——將輝與吉祥寺的短篇故事。不只是戀童嫌疑，或許有人抱持另一種更嚴重的質疑，不過那是誤會……應該吧。吉祥寺將會何去何從呢！

〈Memories of the Summer〉

相較於〈夏日假期〉是以「酸酸甜甜的小插曲」為目標，這篇是立志寫成甜到底，幾乎像是要噴出砂糖的短篇。作者個人覺得還不夠甜，不曉得各位覺得如何？不過責任編輯聽我這麼說的時候，傻眼地無言以對就是了。

〈會長選舉和女王大人〉

這篇是＋1的短篇。雖說是短篇，與其說是外傳，更像是接續正傳的副章節……小梓加油。妳的辛苦現在才開始。

那麼，本次也要向參與本書製作的各位致謝。真的謝謝各位。M大人，勞煩您應付我「難得寫到泳裝篇，所以封面要……！」這種莫名其妙的熱情言論，實在很抱歉。這次我也覺得自己情緒不太對勁，我在反省了。石田大人、ストーン大人，感謝兩位百忙之中依然為本集繪製美妙的插圖。《亞庫艾里翁EVOL》我每集都有看～

最後，由衷感謝正在閱讀這篇後記的各位讀者。今後我也會努力寫出好作品，讓各位能夠說出「好看」的評語。

（佐島 勤）

©Tetsu Habara, AMAHARA, MASHA, W18 2020 / KADOKAWA CORPORATION

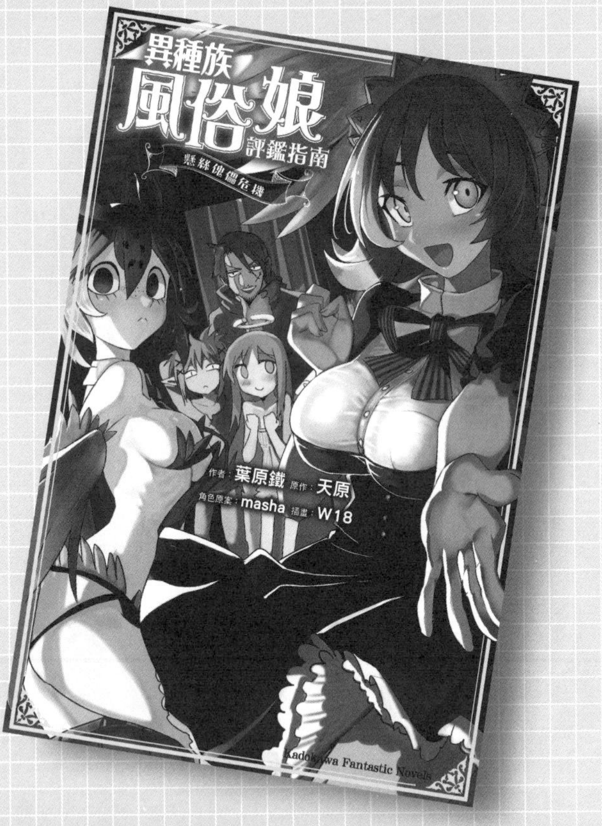

異種族風俗娘評鑑指南 懸絲傀儡危機

Kadokawa Fantastic Novels

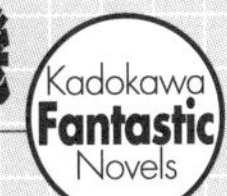

作者：葉原鐵　插畫：W18

再度體驗天國玩樂♡
話題沸騰的極限擦邊球奇幻作品♡

冒險者史坦克與異種族的損友們一起評鑑夢魔女郎，激盪彼此（性方面）感性的差異。一行人造訪了風俗店「性愛懸絲傀儡」，在店裡製作的魔像，和常去的酒場的女侍梅多莉一模一樣，並且大大地享樂一番……可是沒想到魔像竟然逃走了！

NT$240/HK$80

©Nagaru Tanigawa, Noizi Ito 2020 / KADOKAWA CORPORATION

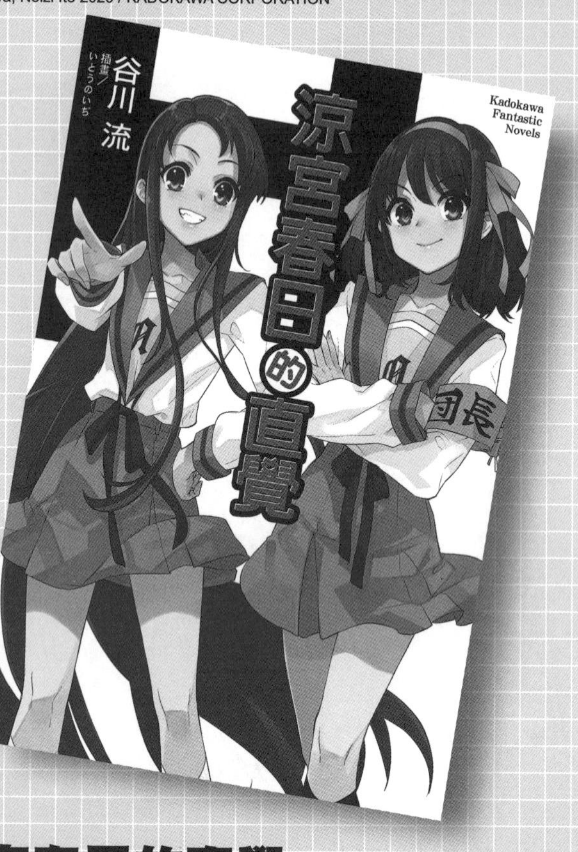

涼宮春日的直覺

Kadokawa Fantastic Novels

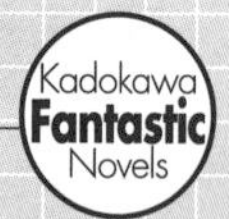

作者：谷川流　插畫：いとうのいぢ

睽違9年半的涼宮系列最新刊！
輕小說界最強女主角涼宮春日重磅回歸！

都升二年級了，涼宮春日也一樣異想天開。一下帶領SOS團想走遍全市神社作新年參拜，一下想調查根本不存在的北高七大不可思議，此外，鶴屋學姊還從國外寄來了一封神祕信件，向SOS團下戰帖？天下無雙的超人氣系列作第12集震撼登場！

NT$280/HK$93

©Yu Omiya, Ale 2019 / KADOKAWA CORPORATION

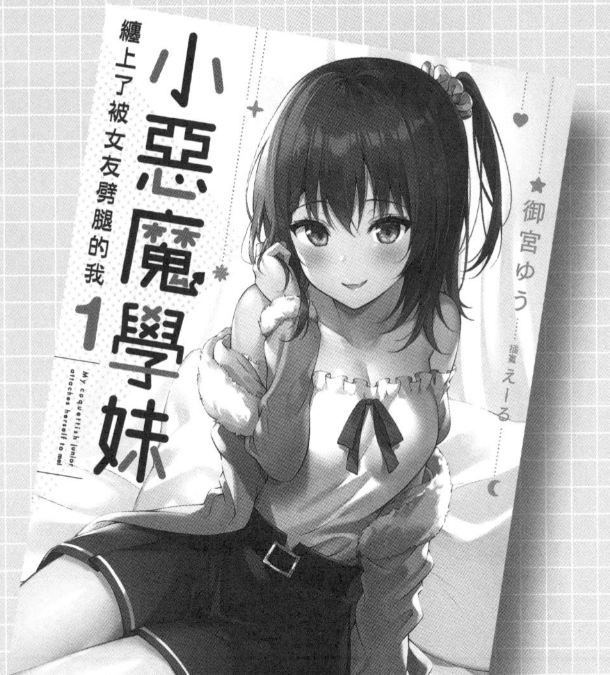

小惡魔學妹纏上了被女友劈腿的我 1 待續

Kadokawa Fantastic Novels

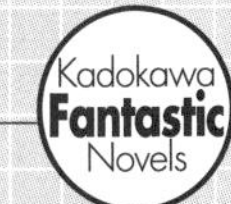

作者：御宮ゆう　插畫：えーる

第四屆KAKUYOMU網路小說大賽
戀愛喜劇類「特別賞」得獎作品！

聖誕節前夕被女友劈腿的我——羽瀨川悠太，遇見了穿著聖誕老人裝的美少女——志乃原真由。身為學妹的那傢伙，總是捉弄著正處情傷的我，卻又看不下去我自甘墮落的生活而做美味的料理給我吃——相近的距離教人心焦，有點成熟的青春戀愛喜劇登場！

NT$220/HK$73

©Sakaki Sengetsu, Touzai 2019 / KADOKAWA CORPORATION

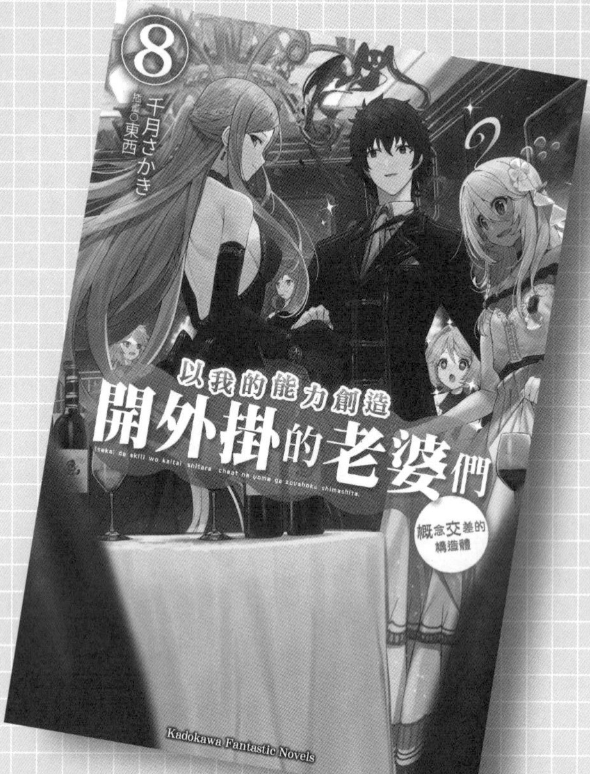

以我的能力創造開外掛的老婆們 1~8 待續

Kadokawa Fantastic Novels

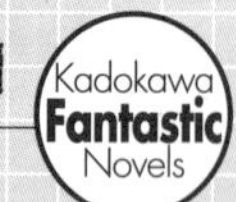

作者：千月さかき　插畫：東西

這次凪竟假扮成蕾蒂西亞的未婚夫!?
全系列突破33萬冊的最強後宮系列第八彈！

凪一行人回到伊爾卡法與蕾蒂西亞重逢。但城市卻遭到石像鬼的襲擊，幸好凪等人打倒了石像鬼，但功勞卻被譽為「慈愛的克勞蒂亞公主」的第三公主的士兵搶走，對市民宣稱是他們拯救了城市……!?被捲入王家陰謀的凪等人能否化險為夷!?

各 **NT$200~240/HK$65~80**

©Reki Kawahara 2019 / KADOKAWA CORPORATION

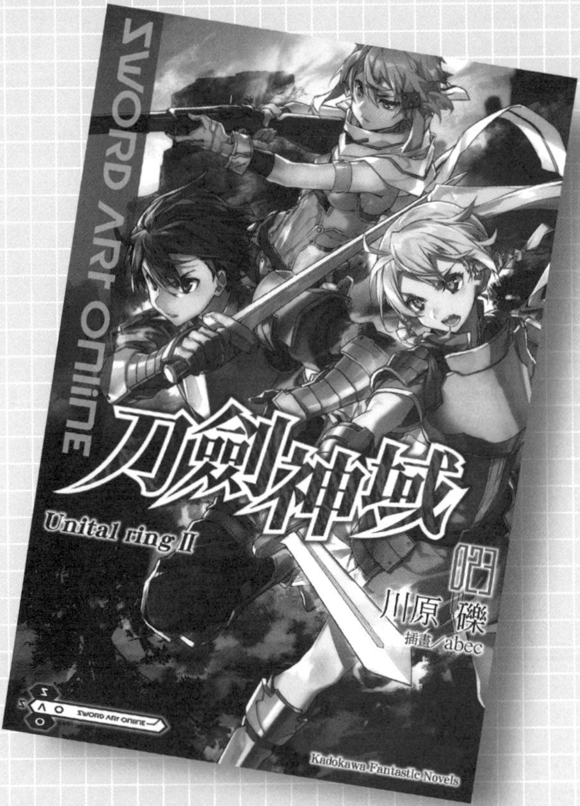

Sword Art Online刀劍神域 1~23 待續

Kadokawa Fantastic Novels

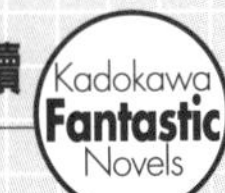

作者：川原 礫　插畫：abec

被強制轉移到謎之VRMMO遊戲，
目標是與眾同伴會合！

詩乃陷入沒有伙伴、裝備，「Thirst Point」也僅剩些許的絕境當中，為了生存而和魔王怪物戰鬥。而桐人等人也分為兩隊，分別執行防衛家園與搜索詩乃的行動。但是前方卻有嚴酷的自然現象、強大的怪物以及準備襲擊桐人他們的黑影在等待著——

各 **NT$190~260/HK$50~73**

國家圖書館出版品預行編目資料

魔法科高中的劣等生．5, 暑假篇 +1 /
佐島勤作；哈泥蛙譯．──初版．──臺北市：
臺灣國際角川，2013.02
面；公分．──（Kadokawa fantastic novels）

譯自：魔法科高校の劣等生．5, 夏休み編 +1
ISBN 978-986-325-154-5（平裝）

861.57 101025610

Kadokawa
Fantastic
Novels

魔法科高中的劣等生 5
暑假篇+1

（原著名：魔法科高校の劣等生5 夏休み編+1）

2013年2月14日　初版第1刷發行
2021年1月11日　初版第8刷發行

作　者：佐島 勤
插　畫：石田可奈
日版設計：BEE-PEE
譯　者：哈泥蛙

發行人：岩崎剛人
總編輯：蔡佩芬
編　輯：黎夢萍
美術設計：黃永漢
印　務：李明修（主任）、張加恩（主任）、張凱棋

發行所：台灣角川股份有限公司
地　址：105台北市光復北路11巷44號5樓
電　話：（02）2747-2433
傳　真：（02）2747-2558
網　址：http://www.kadokawa.com.tw
劃撥帳戶：台灣角川股份有限公司
劃撥帳號：19487412
法律顧問：有澤法律事務所
製　版：巨茂科技印刷有限公司
ISBN：978-986-325-154-5

※版權所有，未經許可，不許轉載。
※本書如有破損、裝訂錯誤，請持購買憑證回原購買處或連同憑證寄回出版社更換。

MAHOKA KOUKOU NO RETTOUSEI Vol.5
©Tsutomu Sato 2012
Edited by 電撃文庫
First published in Japan in 2012 by KADOKAWA CORPORATION, Tokyo.
Complex Chinese translation rights arranged with KADOKAWA CORPORATION, Tokyo.